태사문학

태사문학
-2집

ⓒ 태사문학회(대표 권필원), 2023

초판 1쇄 발행 2023년 3월 6일

발행인   (주)좋은땅 이기봉
지은이   태사문학회(대표 권필원)
고문   권숙월, 권혁모, 권천학
주간   권필원
편집국장   권순자
편집위원   권필원, 권순자, 권영호, 권정애, 권혁모

편집   좋은땅 편집팀
펴낸곳   도서출판 좋은땅
주소   서울특별시 마포구 양화로12길 26 지월드빌딩 (서교동 395-7)
전화   02)374-8616~7
팩스   02)374-8614
이메일   gworldbook@naver.com
홈페이지   www.g-world.co.kr

ISBN   979-11-388-1727-1 (03810)
ISSN   2982-6918

태사문학

2 집

2023

좋은땅

태사문학 회원 여러분 반갑습니다

태사문학회 대표 권필원(시인)

태사문학회 회원 여러분 안녕하십니까?

지난해에 안동권씨 문학인들의 열화 같은 성원으로 '태사문학회'
가 결성되었고, 그 창간호 사화집이 발행되어 참으로 감개무량합
니다. 시작이 반이듯이 벌써 2집을 발행하게 되었으니 고맙고 반
가운 마음 한량없습니다.

우리는 안동권문의 뿌리 깊은 후예이며 자랑스러운 인물들입니
다. 시조 태사공 할아버지의 고결한 정신을 이어받았습니다. 문학
이라는 명제 앞에 하나로 뭉쳐서 후손들에게 자부심을 전할 소중
한 문집을 만들고 있습니다. 권근을 위시한 훌륭한 문학가의 뒤를
이어 100만 족친에게 아름다운 전통과 용기와 희망을 주어야 하
겠습니다.

삶을 통해서 엮어 내는 질펀한 서정抒情을 시와 문장으로 표현하는 일은 혼이 스미는 작업입니다. 우리의 가물가물한 추억을 끄집어내어 글을 창작한다는 것은 얼마나 위대한 일이겠습니까.

앞으로 '태사문학회'의 과제는 회원 상호간의 작품 교류는 물론 종친 문사님들의 저변 확대일 것입니다. 그래서 본 사화집이 이의 역할을 충분히 수행하며, 천추에 빛나는 문집이 될 수 있도록 마음 기울여 주시기를 바랍니다.

제2집 발간에 큰 힘이 되어 주신 대종회 권해옥 회장님 고맙습니다. 옥고를 보내 주신 종친 문학인 여러분께 머리 숙여 감사드립니다. 회원님들의 가정마다 축복을 기원합니다.

2023년 이월에

명문名門의 문학지

이광복 소설가 전 (사)한국문인협회 이사장

천성만본千姓萬本이란 말이 있습니다. 성姓은 천千이요 본本은 만 萬이라는 뜻입니다. 달리 말하자면 이 세상에는 그만큼 많은 성씨 姓氏들이 존재한다는 뜻입니다. 다른 나라는 말할 것도 없고, 우리 나라만 하더라도 숱한 성씨들이 살아가고 있습니다.

성씨는 곧 족보의 근간입니다. 성씨가 있어야 족보를 편찬할 수 있고, 족보가 있어야 성씨의 역사를 기록할 수 있습니다. 따라서 성씨와 족보는 불가분의 관계입니다. 성씨를 보면 그 가문의 역사 와 전통을 알 수 있습니다. 성씨는 그 씨족이 살아온 내력을 알려 주는 단서이자 지표이기 때문입니다.

안동권씨安東權氏는 본래 학문과 덕망으로 명성이 높습니다. 특 히 우리 한산이문韓山李門과는 인연이 깊습니다. 목은牧隱 이색李穡

선조님의 배위配位가 안동권씨요 그 막내 아드님이신 양경공良景公 이종선李種善 선조님의 배위 또한 안동권씨입니다. 안동권씨 양촌 陽村 권근權近 선생은 목은 선조님의 문인門人이면서 사돈이기도 합니다. 양경공 선조님의 배위가 곧 양촌 선생의 따님이십니다. 그 후대에도 우리 문중과 안동권씨 가문은 세교지간世交之間으로 살아왔습니다.

목은 선조님의 22세손으로 양경공파 후손인 저는 이런 연유로 안동권씨 문인들과 돈독히 지내 왔습니다. 역시 안동권씨는 학문과 덕망이 높습니다. 문인들 중에서도 안동권씨들은 어디를 가나 양반 가문의 후예답게 반듯한 언행으로 세인의 모범이 되고 있습니다.

안동권씨 문인들은 일찍이 태사문학회를 결성하고 올해 대종회의 응원을 받아 『태사문학』을 창간했습니다. 한 가문에서 이처럼 격조 높은 문학지를 발간한다는 그 사실이야말로 높이 상찬받아 마땅합니다. 역시 명문 집안의 본보기라 하겠습니다. 『태사문학』은 바로 명문의 문학지입니다.

이제 태사문학회가 『태사문학』 2집을 발간합니다. 축하합니다. 앞으로 태사문학회와 『태사문학』이 더욱 웅비하기를 기원합니다. 감사합니다.

| 차 례 |

시조

수필

동시 · 동시조 · 동화

단편소설

평론

시

백비白碑를 읽다 외 2편

권규미

　어떤 이는 불의 꿈이라 하고 어떤 이는 물의 날개라 했다 말이란 늘 얼마간의 허영과 또 얼마간의 침묵이어서 어머니, 한 번 불러보지도 못한 일흔 해였다 심장의 나비를 꺼내 허공으로 날려 보낸 가슴붉은도요새처럼 겹겹의 기억들 위로 다시 또 봄은 오고 무더기 무더기 쏟아져 내린 그믐의 별 수근거리는 바람의 말들 하룻밤에 머리가 하얗게 센 시인처럼 불각 중에 우리는 바윗덩이처럼 웅크리고 굴러다니는 몽유의 시간들과 사람도 망아지도 타다 남은 지푸라기마냥 부스스한 적막의 나날들 태풍의 한가운데 너무도 고요한 무풍지대처럼 말이란 원래 거짓을 위해 태어난 두 번째의 달빛, 막막히 푸른 시간의 배 한 척과 아장아장 어리고 맑은 수평선, 그 팽팽하고 다정한 날빛 적막과 고요의 면벽들 손잡은 파도 소리처럼 우리는 무언가를 찾는 중이다

페르시아의 흠

소심한 내가 꿈에도 본 적 없는 양탄자 하나의 곡진한 흠에 대해 쓸쓸히 이야기하면 당신은 그걸 사소한 틈이라 생각하고

완벽한 구슬들 사이에 슬쩍, 깨진 구슬 하나를 끼워 넣는 인디언 처럼 그건 완성을 위한 착한 의례인 거라 참으로 간단하게 당신은 말하고

결점에 대해 말하는 게 아님을 당신은 이미 알고 있지만 아름다 움을 믿는 내게 자꾸 시간을 건너는 방법 몇 가지를 또박또박 일러 주고

보고 싶은 것만 보는 어린 아이처럼 틈이란 어떤 비어 있음, 어 떤 통로일 뿐이지만 흠이란 따뜻한 인간다움이라 나는 다시 우기고

어느 고분의 부장품같이 낡고 녹슨 호미 하나를 보여 주며 당신 은 시간의 부드러운 퇴적과 붉고 푸른 영혼의 침잠에 대해 차근차 근 이야기하고

햇빛 아래, 낡고 적막한 의문 부호처럼 사실은 그게 그거라 우리 는 웃고

나는 누구일까

구름은 무슨 생각으로 한 생을 사는지 어떤 추억이 척추처럼 나날의 마음을 바로 세우는지 바다는 왜 날마다 홀로 중얼거리는지 언제부터 기억을 잃어버리고 인어처럼 자주 우는지 발 아래 흐르는 강물 본 적이 있는지 아득한 빗방울의 시간은 어느 페이지에 놓아 두는지 사는 동안 내가 내 주인인 적 정말 있었는지 진달래 꽃반 놓고 소꿉장난하던 때 말고 또 어느 때인지 웃고 울고 헤맬 때나 거기 있었는지 비 내리는 여름 숲처럼 순간순간 정말 나였는지

권규미

2013 월간 『유심』 등단, 시집 『참, 우연한』, 『각사푸른저녁나방』 발간.
demeter02@hanmail.net

수국 외 2편

권기만

유월의 저녁에 수국이 피었어요

달이 이렇게 많은 줄 몰랐어요

그러고 보니 공중에 떠오르고 있네요

떠오르면서 핀다는 게 뭔지 알겠네요

색을 바꾸는 것으로 둥글어지면

둥글어지면서 빈 곳을 채우나 봐요

꽃은 지는 게 아니라

이울뿐이라는 걸 왜 몰랐을까요

뜨거운 바람 머리에 이고

나를 기다리네요

유월의 끝자락이 더위에 굵어지면

낮에 뜨는 달 보러 가요

지구를 돌고 돌아 숭숭해진 발 보러 가요

발자국으로 얼굴을 가린 꽃 보러 가요

밤새 꽃대궁을 걸어 나온 먼 길 보러 가요

박쥐인간

지하철 손잡이에 몸 걸어 놓고
협소한 잠자리 만들고 있다
동굴에서 10개월 숙성되어서일까
태아처럼 산도를 통과하는 중인지
수만 가지 잠의 배냇짓이 꼼지락댄다

팔 걸면 잠들 수 있는 요람을 찾기 위해
머리 위로 한 손 들고 있다
샛잠과 분잠 다시 초잠으로 떠다니는
유령도시에 발붙이려면
어디서든 눈 감을 수 있어야 한다

한 팔 올려 공중에 매달아 놓은 몸
고공 낙하처럼 날아보는 중인 것일까
착지하고 싶은 곳 찾아 눈 감고 기르는 활공법
오래 흔들릴수록 근력도 커지는 것인지
구름 지나 동굴의 방에 입좌해 있다

두 손 받들어 섬길 공중 한 채 짓는 공사
자유롭게 왕래하는 지점에 지었는지

두 손에 구름 두어 송이 잡혀 있다
단단한 잠 속에 지어진 집을 보려는지
서서 자던 침대가 눈을 뜬다

은하수

울컥은 내가 좋아하는 고향이다
한 여자의 눈에 들어가 살면서 모래 알갱이가 되어 버린 아버지
멀리 바라볼 틈도 없이 굵은 모래 알갱이를 눈물로 삭혀 낸 어머니

누구의 눈 속으로 걸어간다는 게 사랑이라면 그 사랑을 몸으로
우는 게 운명이라고 어렴풋이 알아갈 무렵 타지로 발령이 났다

밀려났다는 설도 있지만 밀려나 준 것이다 그래 봐야 지구 안이
고 눈이 시끄러운 지역과 몸이 느린 지역 중 어디가 좋다는 식은
성급하다 어디서나 느닷없는 슬픔에 울컥하고 나면 고향은 내 안
에 있다

타고난 아픔을 물려주고 어머니는 직녀성으로 돌아갔다 아니 먼
저 간 아버질 따라가 준 것이다 밤마다 은하의 반짝임에서 나는 어
머니 눈 속 모래 알갱이를 만났다
아버진 여전히 어머니 눈 속에서 서걱거렸고 아픔은 어머니가 아
는 가장 넉넉한 몸이다

사랑이 인간의 몸에 서식하고부터 생겨난 모래 알갱이
은하가 한없이 반짝이는 까닭을 알 것 같다

권기만

2012년 『시산맥』 등단, 시집 『발 달린 벌』.

poksel@hanmail.net

요지부동 외 2편

권동지

　흐르는 물과 흐르지 않고 있는 견줌은 양립이 어렵겠다 하는 수 없이 사양하더라도 거절에는 건질 것이 없다 두둔하는 일을 두고 오래 간섭할 수 없는 사이로 믿음이 안 간다 존재란 무심했던 어제와 어지간히 비슷하다 노여워하는 사이이고 사실을 알 수 없어서 능률에는 부족하다 고로 꾸벅거리는 인사와 관계를 지을 수 없을 것이다 가늠할 수 없는 의외는 뼈아픈 지배나 다르지 않다 모처럼 못 할 것 없는 사이에 구애를 차입하기로 했다 민망할 따름이다 염려하는 구석이 없는 것이 아니어서 불온에 못 이기는 불구가 불만이다 뒤떨어져 있는 정분에게 양해를 구하기로 했다 도드라지려 하지 않고 허공을 표제 삼아 긍휼을 지었다 할 수 없다 후임을 지워 버리기는 해도 장래는 알아차릴 수 없기 때문이다 훔치러 들지 않은 예의는 유례없다 하지 못한다 모난 모서리 어떨 때는 서성임에 가깝다 연유야 어떻든 하는 수 없다 핵심에서 견딜 수 있기를 바란다 이것이 움직일 수 없게 만드는 요지부동 오늘을 지나쳐 가더라도 답답하다 아니할 수 없다

가파른 지상이라는 곳

　요사스런 떠돌이로 외도를 가장하지 않더라도 자리 보존이 어려운 시절이었다 내연에 보탤 것이 없어 애도로 여기기엔 초조로워 의지할 곳이 없기 때문이었다 기우에 처하면 쓰라린 물결 다부치고 다닐 터이면 혈안이 길러 낸 인내심 야심이 모자랄 뿐이다 부득이한 요량으로 대신하면 장렬하다 못해 지나친 성찰이 살벌한 들녘에 떠도는 상상력이라 하는지 모른다 광휘를 휘젓고 나타난 예의 헐벗음에 비하면 흔들리는 물결처럼 둥글게 말리는 것이 모색 안에 빚은 빛의 혐의라 하겠다 온기에 연연한 연줄로 보면 건너지를 의기소침 아니겠나 비통에 출장 나온 반열에 끼이러 들면 나쁘지 않은 혈연관계 처벌이 아닌 날카로운 기습으로 당연한 의지라 하지 않겠나 견딜 수 없는 고충의 한계에 부딪혀 기민한 동작의 온상이 되기도 하고 불평등은 모처럼인가 해도 반발에 어긋나지 않겠나 온당한 처신을 요망하는데도 칼날로 갈라치면 혼절하지 않겠나 열열한 의지의 반열에 시달리어서가 아니라 가파른 지상 올곧은 당신이 바르르 떨리지 않겠나 하는 데서 발생한 온갖 체념 같은 고통의 문제 아니면 현안에 관한 한 기염을 토로해도 당연히 불문에 부쳐 나가떨어지기도 하는 것이다

언 강을 건너질러 오다니 하는 말입니다

의외의 영역으로 건너지른 사정이 여의치 않기는 합니다 지나간 일을 감당하기로 짓궂은 당부는 확신을 확보하지 못합니다 어쩌다 그늘 하나 들여다본대서 뜻대로 하셔야 무방하다는 건 아닙니다 젖은 길을 건너는 인력도 황당하다거나 사뭇 신산함을 잃은 일면이 없지 않습니다 번거로움을 차입하거나 옹졸하게 던진 대답이 요란스러웠다 하니 허구의 집념이면 어려워도 견딜 만합니다

노역에 시달리어서 쓸데없는 부담으로 외람된 주문일 터이면 험준한 산악의 길에 드나 해도 당해 낼 도리는 없습니다 한겨울 건너다니는 일이 일목요연하면 빌리자 들어도 부족하지 않을 수 없고 앙심을 품고 다녀도 차가운 기습이라 여의치 않습니다 궂은 일이 황혼을 무질서하게 물들게 합니다 두려울 뿐으로 잦아지지 않기는 해도 잊어버리더라도 가혹함이 어우러지기 때문입니다 안부를 간곡하게 물어오기는 합니다 결단에 주력을 쏟아부을 사정이라 서두름이 보이면 시름은 당연한 결과물 제 손 혼자 슬픈 일로 꼬집기는 못합니다

속내를 발품하고 나서는 각오일 터이면 거두어 두어서 어렵습니다 어느 날이 갑작스럽지 않으냐 기대를 남용하지 않는가 하여 누추하게 보일 뿐입니다 모함이 허허로운 일로 여겨지더라도 가

령 여지가 단순히 흘러들지 않습니다 철부지인가 해도 엄지를 들
어 입지를 돈독하게 할 터이라 참지 못함이 옳은 듯합니다 기탄없
이 흘러가기까지 각오가 당연해야 합니다 터무니없는 주문으로 어
려움을 여쭈어 후자에 간격을 두더라도 의심스럽지 않기는 합니다
언 강을 건너질러 간다니 하는 수 없이 하는 말이기도 합니다

권동지

일본 야마구찌현에서 출생, 여수에서 자람, 2008년 계간 『시
안』 신인상으로 등단.
kwondonggy@hanmail.net

찔레꽃이 피었다고 외 2편

권명숙

찔레순을 한 움큼 들고 있는 아이가 있었고

배 아파, 먹지 마
꺾지 말라고 말리는 엄마가 있었고

찔레 덩굴은 눈치도 없이 자꾸 뻗어 나가고
찔레순은 돋아나고
덤불 속에 똬리 틀고 앉아 있던 아이는

이제야 알았을까

하얀 꽃을 수놓은 남색 비로드 저고리에
은색 치마를 입고 딱 한 번 외출했던
엄마가 찔레꽃을 얼마나 좋아했는지

밭둑에도 언덕에도 찔레꽃은 가지가 휘게 피었고
지금 이 꽃 향이 엄마를 데리고 올 것 같은데

2월

미술관 앞 횡단보도를 성당 종소리와 함께 천천히 건넌다

멈칫거리며 내려오는 어둠에 종소리가 더욱 또렷하다

오늘도 바람이 불 거란 예측이 빗나갔지만 스카프가 목으로 스미는 어둠을 막아 준다

뛰어가면 버스를 탈 수 있는데 그냥 그 페이스를 유지하는 이유는 종소리를 따돌리기 싫어서다

더 길게 울렸으면 했던 소리들은 대부분 너무나 짧다

상대적인 것을 말하려는 것은 아니지만 한낮에 들리는 종소리는 이렇게 그윽하지 않았다

소리가 그쳤어도 종소리를 밟으며 건넌다, 횡단보도가 좀 더 길었으면 하면서

그 사람이 없어도 그의 흔적을 밟을 수 있는 건 행운이다

종탑을 지우고 천천히 내려오는 어둠도 누군가의 흔적이다

나를 지우려 할 테지만 애써 지울 필요 없이 나는 어둠 속에 들기로 한다

종소리의 여운만으로도 포근한 횡단보도가 시베리아 철도처럼 길어진다

칙칙폭폭, 발걸음도 느려지는

다시 청풍에 와서

무엇을 두고 갈까
무엇을 잃어버리고 갈까

가져갈 수 있는 게
아무것도 없다면
차라리 나를 두고 가겠다

욕심 많고 예리한 두 눈은
비봉산 꼭대기에
지치고 게으른 두 귀는
정방사 오르는 길 계곡 쪽에
잘 걸어 두어야겠다

여기가 어디냐고 묻지 말자
마음만 두고 간다는 말도 말자

내 뒤꿈치를 놓지 않는 여기
잠시 멈추었을 뿐

권명숙

2005년『한국작가』겨울호 등단, 시집『읽히고 있다』,『꽃사과 나무 아래 괭이밥 노란 꽃은 왜 아파 보일까?』.

silligok@hanmail.net

여행 외 2편

지천支泉 권명오

여행을 떠나자
생각났을 때 힘 있을 때
그냥 떠나자
번지 없는 주막에서
쉬어 가면서
걸을 수 있을 때 다니자

세상은 만물상
볼 것도 많고 갈 곳도 많다
세월은 시도 때도 없이
빠르게 지나간다

버거운 것들 다 버리고
나그네 여정 종 치기 전
이곳저곳 돌아보자

까불대지 말자

친구야
너와 나 그동안
아는 척 박식한 척
함부로 나댔지만
세상은 그리
만만치 않더라

높고 야물찬 벽
한도 끝도 없더라
까불대지 말자

어차피 우리는
함께 갈 길동무
뛰어간들 어쩔 건가
쉬엄 쉬엄 같이 가자

그냥 그냥

4월의 태양은
눈부시게 빛나고
끝없는 하늘에
떠 있는 구름들
그림 같은 순간이
그냥 그냥 간다

풀과 나뭇잎
출렁대는 연초록
향기 넘쳐흐르는
꽃이 피고 지는
자연의 순간이
그냥 그냥 간다

토끼들 뛰어놀고
다람쥐들 춤추며
새들 노래하는
4월이 익어 가는
찬란한 순간이
그냥 그냥 간다

펜을 들고도

한 줄도 한 자도

쓰지 못한 것

아랑곳없이

계절의 순간이

그냥 그냥 간다

지천支泉 권명오

칼럼니스트, 수필가, 시인, 애틀랜타 한국학교 이사장, 애틀랜
타 연극협회 초대회장 역임, 권명오 칼럼집(Q형 1, 2집), 애틀
랜타 문학회 회원, 미주한인의 날 자랑스런 한인상, 국제문화예
술상, 외교통상부 장관상, 신문예 수필 신인상 수상.

richardkwon55@gmail.com

완행 외 2편

권상진

합천에서 해인사 가는 길은
완행을 타야 한다

사람 하나 만나려면 몇 겹의 시간을 달려
인연 있는 어느 정류장에 닿아야 하는데

십 리를 백 원에 데려다주는 차비는 선불
쓸쓸함은 후불로 내고 타는 거였더라

앞차가 묻고 간 동네 안부를 번번이 다시 물으려
버스가 정류장마다 속도를 줄이면

품었던 욕망들 하차를 하는지
길옆 잔풀들이 소란스럽다

경판을 읽고 나온 바람을 따라
대적광전 비로자나불 앞에 섰더니

완행 타고 오는 길 잘 살폈으면
절 구경은 필요 없다며 돌아가라 한다

세상에 다시 가거든
안의 길 밖의 길 두루 살피라며

반안반개
반쯤 눈 감는 법을 조용히 일러 준다

슬픈음자리표

몇 겹 접힌 줄이 오선지 같다
꼬리부터 따라가던 눈길이 멈춘 곳은
무료 급식소 입구
동그랗게 몸을 말고 첫 배식을 기다리는
노인의 굽은 등이
어느 어두운 시대의 악보에 걸린 음자리표 같다
넘겨진 악보처럼 문득 흘러가 버린 그가
오래 묵혔던 생각을 보표의 첫머리로 보내
슬픈음자리표를 그려 넣는다
미처 음표가 되지 못한 삶의 생채기들은
이제 몇 마디 남지 않은 이 악곡에
모두 부려 놓고 가야 한다
슬픔이 줄을 당길 때마다
오선지에 맺혀 있는 검은 눈물들이
마리오네트 인형처럼 춤춘다
배식이 시작되자
슬픔은 멀찍이 돌아앉아 주었지만
정 붙일 곳이라곤 어디에도 없었는지
식판을 들고 두리번거리며 슬픔의 행방을 찾는 노인
밥을 허물어 허기를 메울 때

식판에 숟가락 부딪는 소리에도
제법 슬픈 음이 묻어난다

가족이라서 그렇습니다

벌겋게 말이 달아오르면
먼저 심장 소리로 쿵쿵 촉을 다듬고
큰 숨에 푹 담가 식혀 냅니다
쓸 만한 무기가 되려면 오래 벼려야 해서
몇 해 혹은 더 오랜 날들을 두드려 날만 세우다가
서로는 시나브로 가족이 됩니다

사정거리 안에서는 쏘지 않습니다
조금만 더 혀를 당기면
걷잡을 수 없는 속도가 되는 화살
쾅, 문이 닫힐 때까지 기다렸다가
안과 밖은 일제히 문을 향해 시위를 당깁니다
밖은 오발인 줄 알면서도 살을 날리고
안은 승패를 떠나 수성을 합니다

무뎌진 촉들이 문의 앞뒤에 수북하게 쌓여
당분간 방문은 어느 쪽으로도 열리지 않습니다
한참이 지나면 안과 밖은 슬그머니 문 앞으로 와
닫힌 방문 손잡이를 한 번 스윽 잡았다가
놓고 돌아설 뿐입니다

가족이 악수를 하는 방식입니다

그러는 동안 밥때가 옵니다
밖이 안을 부릅니다 식구라서 그렇습니다
안은 말없이 와서 밥의 뒤에 앉습니다
밥그릇에 수북하게 쌓인 못다 한 말을
숟가락이 푹푹 떠서 그냥 삼켜 냅니다
젓가락들은 서로의 영토를 넘나들면서
흩어진 말들을 하나씩 도로 집어 옵니다

밖이 밥상에 따뜻한 말이라도 흘릴라치면
안은 슬쩍 집어서 자기 밥 위에 얹습니다
가족이라서 그렇습니다

권상진

2013년 전태일문학상으로 작품 활동, 시집 『눈물 이후』, 합동
시집 『시골시인-K』, 제10회 복숭아문학상 대상 수상, 제7회 경
주문학상 수상, 2021년 아르코 문학창작기금 받음.
dasun72@hanmail.net

비 내리면 우는 새 외 2편

권수복

작디작은 가슴에
잉태된 그리움 너무 커

닿지 못하는 거리
허망한 날갯짓만

눈물 흘리면
부서질 마음

터질 듯한 그리움에
애가 타

빗물인 양
한 방울씩 떨궈 내며
연서를 쓴다

12월

늘 그랬다

어두운 곳을 탈피하듯
한 장의 달력은
올해도 달음질한다

민들레 봄이 엊그제 같고
오색 단풍이 눈물 닦고 뒹굴던 날은

잡을 수도 볼 수도 없는데
작년을 마련하려 한다

많은 사연과 염원하던 소망은
또 하나의 과거로 접어들고

계절을 맞는 나이테 같은 세월
꿈으로만 엮어 가던 날들

바람에 흩어지는 흰 눈 따라
한 해의 뒤안길로 자취를 감추는데

별이 유난히 빛을 발함은
새로운 내일이 청명하다는 신호이다

가자
우리 손잡고 찬란한 내일을 만나러

우리는

먼발치에서
마음 벽 하나 사이에 두고

그리움 닿았나 싶은 날
요동하는 심장

다가갈 수 없음에 가득한 설움
바람결에 흔들리는 눈동자

애틋함에 야위어 가도
허물 수 없는 담장을 껴안은 채
속울음 깊다

권수복

한국문협, 군산문협. 전북문협. 전북시협. 아시아서석문학. 태사문학 회원, 군산문협 이사. 아시아서석문학 문학상. 군산문협 공로상, 시인. 시 낭송가. 사회자, 시집『눈물이 피워 낸 꽃』,『바람꽃』.

sbk2469@daum.net

새소리 부잣집 외 2편

권숙월

　경계가 분명하지 않아 산처럼 보여서일까 꽃나무 과실나무가 작은 숲을 이룬 집에 새소리 가득하다 멧새는 스스럼없이 드나들며 상추 배추 심어 놓은 자리에서 수다를 떤다 "저기 좀 보세요 백 마리는 되겠어요" 며늘아기 가리키는 차고 지붕에 모인 참새들 할 말이 많은 듯 너도나도 한다 멧비둘기는 구성진 가락을 산속에서 내려 보내고 뻐꾹새는 몸을 숨긴 채 경쾌한 반주를 넣는다 소쩍새와 달리 이따금 집에도 찾아오는 까치 반가운 소식 전하기에 바쁘다 다른 새와 놀지 않는 제비 아예 집을 지어 놓고 옛이야기 풀어낸다

능소화의 속삭임

혼자 힘으로는 어림없지 기대지 않고는 일어설 수 없지 한여름 땡볕에 꽃 피우는 오기 누가 막으랴 등허리 굽었으면 어떻고 꽃병에 꽂히지 못하면 또 어떤가 간섭받지 않고 꽃 피울 수 있으면 그만이지 칠 년생 능소화 집에 심은 지 삼 년이다 지주목에 의지하여 잔가지 휘어지도록 꽃을 피운다 향기 나는 말 오래 품으면 저와 같은 꽃 피어날까 시인의 눈으로도 이해하기 어려운 말 전하고 싶은 이 누굴까 능소화 송이째 떨어져 땅의 귀에 속삭이는 말 궁금하다

고라니가 울고 갔다

고라니 울음소리에 놀라 잠이 깼다 동지 무렵 탱자울타리 너머 고라니 구슬픈 울음소리, 얼마나 배가 고팠으면 한밤중에 저리 울까, 걱정을 하자 제 새끼 생각 때문일 것이라는 아내의 말에 물기가 스며 있다 사나흘 전 이웃집 개가 뒷산에서 고라니 새끼를 물어 죽였다고 하니, 말 못 하는 짐승이지만 얼마나 기가 막혔을까, 배고픔도 무섭지만 새끼 잃은 슬픔에 비하랴 고라니는 울다 갔지만 달아난 잠은 다시 오지 않았다 자두나무 잎 따먹다 눈 마주치기 바쁘게 달아나던 어미 고라니가 이 깊은 밤을 홀로 울고 갔다

권숙월

김천 출생. 1979년 『시문학』 통해 등단. 한국문인협회 이사, 한국문인협회 경상북도지회장 등 역임. 김천문화원과 백수문학관에서 시창작 강의. 시집 『하늘 입』, 『가둔 말』, 『금빛 웃음』 등 14권 발간. 시문학상, 매계문학상, 경북예술상, 경상북도문화상, 김천시문화상 등 수상.

siinsw@hanmail.net

안동 간고등어 외 2편

권순영

거센 파도 헤치며
뭍으로 건너왔다

흩뿌리는 짠바람 맞으며
우여곡절
껴안고 오른
어물전 명품 자리

너는 한목숨 다 바쳐
고향 이름 빛내는데

오랜 타향살이
아직도 나는
미지의 바다 헤엄치며

아무도 껴안지 못하고
오르지도 못한다

민들레

영혼까지 닮고 싶은 당신

모퉁이 돌아
외진 길가 마중 나온
자그마한 미소

내가 가파른 언덕 바라보며
힘겹게 질주할 때
당신은 낮은 곳에 서서
오직
노란 모자
초록 옷 한 벌

마침내
가장 소중한
하얀 머리 한 올마저
휘이 휘이
날려 보내고
민대머리로 세상 떠나신
내 어머니

네잎클로버 찾기

도란도란 길섶
숨어 있는 행운 찾는다

몸 굽히며 헤치는
경이로운 초록빛 물결

손안에 들어온 수많은 행복
알아채지 못하고

아주 가끔씩 들려오는
소문난 행운 찾으려
익숙한 풀밭 누비는 내 손길

잠시 머물다 일어선 자리엔
세 잎, 네 잎
편 가르지 말라는
나지막한 함성 들린다

권순영

2014년 『한국대경문학』 등단, 한국문인협회, 강남문인협회 회원, 성천문학상, 한국강남문학상 수상.

kanna54@daum.net

오늘은 비문 외 2편

권순자 權順慈

이끼 냄새 사이로
사랑하던 사람을 생각해

비문에 얼룩진 먼지조차
사랑의 부스러기처럼 따스한 느낌이야

빈자리에 지난 기억이 하나씩 쌓여
외로움이 포근해지는 순간이 있어
마치 흑백사진 속의 주인공 같아

다정한 냄새에 웅성거리는 생각들
기다리던 향기

햇살이 어수선하여
흐릿한 소리조차 찬란을 흩뿌리고

지난 독백이 생각을 가로지르며 온다

무거운 독백부터 가벼운 욕설까지
바람처럼 훑고 지나간다

투명해지는 그리움 자리
희미해지는 미움 자리
빈자리가 넓어져 간다

여기 비문이
처음 자리에서 웃었던 눈빛으로 선명하게
오래 품었던 질문처럼 냉정하게

평생의 걸음과 꿈꾸었던 날을
떠받치고 있다

도핀 아일랜드

눈부신 햇빛
흰모래에 부딪친 빛들이 눈을 감긴다

여기는
바다의 신을 가장 먼저 만나는 곳
눈을 감고 있으면 물결 타고 온
해신의 발자국 소리 귀를 만지는 곳

보트를 타고 해신 포세이돈을 만나러 가는
소년의 어깨가 갈색으로 빛난다
철썩거리며 꿈의 나라 푸른 세계에
머리칼 날리며 나아가는 용사여 영원하라

기타 치며 노래하는
해변의 가수 목소리 따라
파도는 더욱 하얗게 부서지고

색색의 인어들은
고운 물결이 되어 출렁거린다

도핀 아일랜드 거대 브릿지를 타고
포세이돈의 나라에 들어서면

석유 시추선이 먹이를 찾는 흰수염고래처럼 끈끈히
바다의 신과 교신하는 것을 볼 수 있다

오징어 숙회

시장 골목 사거리
바다마을에서 오징어 두 마리 샀다
추울 때는 오징어 숙회가 최고지

뜨거운 물에 데치니 붉은색이 되었다
반듯하게 썰어 접시에 놓고
초고추장 찍어 먹으니
이 겨울 웬 호사냐

질겅질겅 오물오물 씹으며
도시의 겨울에 걸맞는
겨울 바다를 기억한다

통통한 허기와 빳빳한 빨판이 고개를 쳐들고
야속하고 냉정한 손을 비웃으며
한때 게으르고 계산에 빨랐던 머리를 떠올리고는
조용히 붉은 거품을 내몰았다

오징어 숙회를 씹어 먹으며
야심만만하던 눈먼 자의

텅 빈 눈망울을 바라본다

권순자權順慈

1986년 『포항문학』 등단, 2003년 『심상』 등단, 시집 『천개의 눈
물』, 『청춘 고래』, 『소년과 뱀과 소녀를』 외, 시선집 『애인이 기
다리는 저녁』, 영역시집 『Mother's Dawn』(『검은 늪』 영역), 수
필집 『사랑해요 고등어 씨』. 동서커피문학상, 시흥문학상, 아르
코문학상 수상. 태사문학 편집국장.

lake479@hanmail.net

꽃 피는 방식 외 2편

권순해

이팝나무 그늘이 정오를 가리키면
웃음꽃이 시계추처럼 째깍거린다

간밤 잠이 오지 않아
지나간 드라마를 재탕 삼탕했다는 어머니와
관절이 도져 밤새 앓았다는 어머니의 어머니들

누가 들어도 웃을 일은 아닌데
햇살을 둘러쓰고 킥킥
아픈 마디들 끊어 내고 있는 여자들

바람 불 때마다
이팝나무 이파리들은 더 촘촘해지고

꽃 없는 그늘이 피워 낸
모서리가 없는 저 둥근 꽃들

실업

순대 냄새가 골목을 삶는다

한여름을 뜨거운 것으로 다스리려는 듯
그가 골목을 당긴다

펄펄 끓는 시간 앞에 웅크리고 앉아
벽에 붙은 사진을 무심하게 바라본다
젊은 남녀와 아이들이
해바라기 꽃밭에서 환하게 웃고 있는

아내와 아이의 눈동자들이
캄캄한 돼지 창자 속을 뜨겁게 지나간다

오래 쌓인 슬픔을 창자 속에 밀어 넣어 보지만
실업失業의 냄새는 좀처럼 사라지지 않는다

잘살아?

고개를 끄덕이듯
맵게 건너온 하루하루를

후후 불어 삼킨다

울고 싶은 날은 늘 다짐 건너편에 있고
벽에 걸린 사진처럼
안간힘을 다해 입꼬리를 올려 본다

사장님 여기 국물 좀 더 주세요

공원 삽화

공중을 버린 비둘기들

사람의 먹이로 살찐 날개들이
정자를 차지하고 빈둥거린다

애초 비둘기는 공중 밖의 종족이었을까
더 이상 숲을 기억하지 않고

사람들은 공중에서 산다

꼬마들은 뒤뚱거리며 비둘기를 졸졸 따라다니고
벗어 놓은 모자 위에 묻은 비둘기 똥을
노인은 아무렇지도 않게 툭툭 털어 낸다

비둘기가 내어준 공중에 들기 위해
몸피를 줄이느라 헐떡거리는 사람들

구구구 구구구구
정자 아래서 비를 긋고 있다

권순해

2017년 『포엠포엠』 등단, 시집 『가만히 먼저 젖는 오후』, 강원 문화재단 창작지원금 수혜.

k-shea@hanmail.net

가오리연을 날리자 외 2편
– 낙동강 전설

권애숙

   저기 강둑에서 연을 날려 봐요. 기다림은 너무 오래된 말. 심신이 결리고 무너지는 말. 가오리 전부를 모래밭에 풀어놓고 손을 흔들며 뛰어가요. 따라오는 가오리를 달래며 달리면, 꿈틀거리는 가오리는, 살아나 펄떡 뛰어오르는 가오리는, 날기 위해 곤두박질 몇 번쯤 쳐 준다지요. 바다의 냄새를 기억하기 위해 즐겁게 몇 번씩 구르기도 하면서. 슬슬 없는 바람을 만들어 떠오르는 날개. 가는 줄로 이어진 질긴 연. 창공을 품은 연줄을 놓아야 먼바다란 이름이 생겨난다지요. 행간 그득 가오리 가오리 물소리 깊은 엽서를 칠한다지요.

피리 불던 소년
- 낙동강 전설

  한 열흘 장맛비 내린 뒤 징검다리도 떠내려가고 없는 날이었어
요. 차가움에 몸을 떨며 맑은 소녀가 냇물을 건널 때라지요, 치마
를 둘둘 걷어 허리춤에 찔러 넣고 저릿하게 돌던 물의 전율에 감
전되었다지요. 둥둥 떠 펄럭거리며 목젖이 보이도록 웃었다는 날.
발바닥에 푸른 그림이 걸리고 흘러가는 근방으로 늦은 들풀이 피
었다는 날. 풀보다 진하게 풀이 된 그날, 혹시, 버드나무 사이로
피리 소리 그득한 손 쑥 내밀어 소녀의 바닥을 건져 내던, 입가에
피리 무늬가 박인 그런 전생, 수수만년 강가에 닿아 피리를 만들
던, 거기, 그 소년, 아직 피리를 불고 있다 했나요?

댓잎에 스치우던 날들
– 낙동강 전설

대나무 숲에 스며들었어요. 댓잎 서걱거리는 소리를 입고 저벅저벅 오는 밤을 요리했어요. 잎잎이 길을 내며 푸르게 빛이 나던, 댓잎 칼날들에 무딘 이름을 걸어 놓고 각이 많은 골골을 두드렸어요. 접힌 자국들 귀퉁이마다 흘러나온 숨이 사방 천지 물을 들였어요. 무언가를 업고 달려온 바람이 도무지 대숲을 넘지 못하는 날, 당신, 서걱거리는 쪽으로 문을 열어 봐요. 세상을 사랑한 소녀가 거기, 오죽이란 이름으로 뿌리를 내리고 있을지도.

권애숙

93년『시문학』, 94년 부산일보 신춘문예, 95년〈현대시〉로 작품 활동, 시집『당신 너머 모르는 이름들』외 4권, 동시집『산타와 도둑』, 산문집『고맙습니다 나의 수많은 당신』, 제7회 김민부 문학상 수상.

ogi21@hanmail.net

유식무경唯識無境 1 외 2편

권영목

세계의 토대는
눈귀코입몸 생각이다

몸과 무관하게 몸 밖에
무엇이 있다고 말할 수 없다
만약 안이비설신의가 없다면
세상에 무엇이 있다고 인지할 수 없다

눈귀코입몸 생각이
나도 세계도 만드는 통로다

안이비설신의가 세계의 모든 것을
지금도 계속 만들면서 그 속에 살고 있다

유식무경唯識無境 2

마음이 있는 곳에 분별이 있고
분별이 있는 곳에 마음이 작동한다

하늘에 무지개라는 실체가 있는 것이 아니고
눈이라는 보는 구조가 있어야 본다
소리도 공기의 파장일 뿐
귀에 듣는 구조가 있어야 본다

우리가 보고 듣기 전에는
마음 밖에 한 물건도 없고
몸 안에서 일어나는 사건들이다
육입촉六入觸에서 연기緣起한 무명삼행無明三行이다

유식무경唯識無境 3

이 세상에는
있는 것과 없는 것으로
나누어져 있는 것이 아니다

있는 것은 있기만 하고
없는 것은 없기만 한다면
없는 것은 보고 사유조차 할 수 없고
있는 것만 있게 된다면 움직임이 없게 된다

둘 다 망상이고 착각이다
유무有無는 일심법계一心法界
집멸集滅의 유위有爲이다

권영목

1944년 충북 단양 출생. 1994년 시집 『네가 있음으로 나를 알
지만』으로 등단. 한국시인협회, 한국문인협회, 국제pen한국본
부 회원.

ohwoongs@hotmail.com

봄비는 꽃바람 속에 운다 외 2편

권영민

먼 등불 깜빡이는 밤 비가 내린다
잊혀진 그리움 되살아나는
창문 두드리는 세찬 비바람 소리에
낮게 흔들리는 창밖을 보며
빗속에 떠오르는 추억의 그림자
그리운 그 사람은 어디에 살아가는지
꽃피는 계절에 비는 내리고
비는 깊은 밤 깨어나 잠 못 이룬다

그리움이 눈송이라면

그리움이 눈송이라면
저 눈 속에 불을 밝혀 그대를
찾아가리라
그리움이 눈송이라면
허공 중에 작은 배를 타고 그대를
찾아가리라
지상의 가장자리에
차들은 눈발 속을 제 갈 길로 달려가고
머언 들판은 희미한 눈 속에 누워
동화를 그린다
그리움이 눈송이라면
길도 없는 하늘을 떠돌다 떠돌다가
그대의 호수에 닻을 내리고
푸른 별이 되어 살아가리

잠들지 않은 그리움은 목마름이 깊어라

태양도 한걸음 달려와 쓰러지는 푸른 바다
잔인한 대지를 깨우며 꽃 피우는 날들은
이글거리는 눈빛 속에 출렁이는데
잠들지 않은 그리움은 목마름이 깊어라
어느 사랑이 진줏빛 바다를 찾아와
천년의 고독을 물들이며 애무하고 있는가
사랑이여, 햇살 같은 사랑이여
바다는 아직 돌아서서 나직이 출렁이고 있는데
투신하는 태양은 뜨거운 정을 불사르고 있는데
물결에 부딪치며 사라져 간 조각들
불러도 불러 봐도 대답 없는 메아리
출렁이는 물결은 잊혀진 그림자를 데리고
금빛 모래밭에 스러져간 이야기를 불러 모은다
태양도 한걸음 달려와 쓰러지는 푸른 바다
잔인한 대지를 깨우며 꽃 피우는 날들은
이글거리는 눈빛 속에 출렁이는데
잠들지 않은 그리움은 목마름이 깊어라

권영민

『한겨레문학』 신인상 수상, 한국문인협회 및 전북·익산·순창문 협회원, 청문학회장 역임, 마한문학상 수상, 시집『그리운 별 가 슴에 데리고』 외 2집.

sesiang@hanmail.net

지팡이와 코로나 팬데믹 방역 외 2편

권영시

할아버지께서 지하철 승강기 버튼을 누른다
오른손 엄지이거나 검지 또는 중지도 아니고
그렇다고 왼손 손가락은 더더욱 아니다

연로하심에 다리 하나 더 보태어
세 발로 걷는 처지인데
지팡이가 신은 고무 신발이 버튼을 누른 것이다

할아버지의 길이라면 어디든 따라나서는 지팡이
남자가 흘리지 말 것은 눈물만이 아니라는데
누군가 찔끔찔끔 흘렸을 거기도 오갔으리라

지팡이가 손가락 노릇한 것도 모르고
고무 신발이 누른 흔적 없는 자리에
승객들은 다시금 손가락으로 버튼을 누를 것이다

코로나 팬데믹을 비롯한 온갖 질병 예방에도
방역은 필연이지만 지팡이가 신고 다니는
고무 신발은 누가 소독하려나, 나는 알지 못한다.

맛집 아닌 나쁜 맛집

맛으로 반향을 일으킨 맛집인데도
맛있게 먹든 말든 쨍그랑 우당탕탕~
빈 그릇 치우면서 맛의 절정을 난타하네

난무한 요란법석에 귓바퀴를 씻지 못해
청각 시각 미각 후각 모조리 툴툴대어
다시 찾고 싶은 마음 싸잡아 달아나도

맛있게 먹었다며 깍듯이 인사한 뒤
문밖을 나서는데도 쨍그랑 우당탕탕~
나만이 당한 꼴, 그릇은 또 무슨 죈가

아버지의 집

1
경기도 양평군 지평양조장*은
대한민국 근대문화유산 등록문화재 제594호인데
유엔군으로 한국전쟁에 참전한
프랑스 육군 사령관 몽클라르 장군이
경기도 지평리 전투에 사령부로 삼았던 까닭이다

한국전쟁 당시 성곡천城谷川* 동쪽 제방 너머로
무협대巫峽臺*까지는 북한 괴뢰가 점령했고
성곡천 서쪽에 자리한 아버지의 집은 미군이 주둔했다

어릴 적 천장 서까래가 네모지게 잘린 까닭을 여쭙자
본채를 불태운 미군이 사랑채만 작전 본부로 사용하면서
지붕 뚫어 망루를 세운 자리라며 아버지는 말씀하셨다

2
숨바꼭질하던 어린 시절
뒤란에는 총알이 담겨진 철모가 굴뚝 옆에 나뒹굴었고
담벼락에는 하얀 영문*이 적힌 국방색 철판이
말년의 초병처럼 느슨하게 기대어 있었다

새로 지은 본채 마당 한켠에 무 저장 웅덩이를 파거나
수돗가에 허드렛물을 내다 버리다 보면
신라 천년의 유물처럼 지하에서 수군거리던
탄피와 군용물 쇠붙이가 녹슨 채 비죽이 올라왔는데

* 지평양조장은 문 앞에 오래된 수양버들이 증인이지만 아버지는 지금 영면 중
  이어서 말씀하시기 어려워도 마당 깊숙이 묻힌 증인들만 오롯이 아버지의 근
  대문화유산을 기억하고 있다.
* 성곡천城谷川: 낙동강과 반변천 사이 무협산巫峽山에서 발원한 하천으로서 안
  동시 용상동 성황당 산마루에 축성된 토성이 서편에 자리하는데, 이 산성을
  끼고 흘러 붙여진 명칭.
* 무협대巫峽臺: '안동부 동쪽 무협산 아래 선어연仙魚淵 위에 있다.' 1) 선어연
  에 돛단배 모습을 선어모범仙魚暮帆이라 하는데, 무협대 선어연은 안동 팔경
  제1경이다. 통상 선어대仙魚臺라 칭함.
* US ARMY로 여겨짐.

권영시

안동 출생, 영남대학교 행정대학원졸업, 『문학예술』 신인상
(2004), 대구일보 전국수필대전 동상, 『시와 반시』 자매지 『생
각과 느낌』 기획편집위원 지냄, 한국출판문화산업진흥원 우수
콘텐츠도서 2차례 선정, 시집 『상리화裳梨花』, 수필집 『너덜경

의 푸른 땀방울』, 저서 『「보각국사비명」따라 일연一然의 생애를 걷다』, 『포산包山서 되찾은 일연의 흔적과 비슬산 재발견』 외, 21C생활문인협회 회장 역임 당시 〈코리아헤럴드〉 자매지 〈시사투데이〉 선정. 한국문인협회 대구지회 이사 역임, 한국문인협회 달성지부 회원, 일일문학 · 도동문학 회원.

kwonysi@hanmail.net

빨강 외 2편

권영옥

옥수수뱀이 뿌리 속에 알을 낳으려고
농장 초입으로 들어선다
땅바닥엔 유리가 널려 있어 몸을 움찔거렸던가
베인 살이 뼈를 떠나기 전
붉은 노을로 회오리치다 툭 떨어진다

살기 위한 몸부림은
삐죽 나온 새순에 걸려 상처는 곪아 가고
악력으로 버티지만
영혼이 태양 근처에 닿기도 전 주저앉는다

쭉 뻗은 뱀을 보며 생각을 긁어 모아 서사를 꾸민다
사슴뿔버섯처럼 꺼내 놓지 못한 말
뱀잡이의 망 속에서 탈출하다
떨어져 기진한 목숨을

마지막 연으로 엮어서 마침표를 찍는다

이런 시면 괜찮겠다고 생각하는 사이
라틴 음악이 귀에 와 박힌다
옥수수 농장집 아들이
귀청 떠나게 앰프를 틀어 놓고 타는 뱀을
뒤적이고 있다
장작불도 몸에서 떨어져 나간 뱀 알을 굴린다

가을로 진입하는 사람들 진흙밭에서 질척거린다

구월 변제일

등에 올려진 무쇠 안장이 한 짐이고
비상등 켜진 구월이 다가와도
누런 얼굴들이 야멸차거나 빈 영혼으로 들락이는
벌판으로는 떠나고 싶지 않죠
루비콘강을 건너 버리면
빨간 낙인과 쇳덩이 짐에서 벗어날 수는 있어도
햇살 받아 가슴 속에 저장한
화단의 해바라기 씨앗은 버려야 하죠
퇴근 후 광채의 혁대와 점박이 후리아치마의 춤을
눈에서 털어 내고 싶지 않죠
낡은 밤의 장사꾼
그러니까
붉은 털로 다가오는 원숭이 무리를 밀어 버리게
다섯 다발과 꿀풀 진정제를 빌려주세요
가진 것 없어 날마다 진흙탕을 건너긴 해도
안경 너머 붉은 눈알을 단 털 짐승에겐
입술이 타들어 가죠
심각한 것이 사방에서 강한 눈빛을 모을 때
진정제를 탄 음료수와 지폐의 마법이면
구월의 근심은 덜 수 있어요

주근깨 다닥다닥한 둥근 얼굴, 가을의 손을 열어
쇠약한 입술에 물을 부어 주세요
햇살의 등짝으로 얼마든 청청하게 짐을 나를 수 있으니

이 마지막 말을 뒤로한 채 꿈속에서 나와
멍한 얼굴로 완공된 빌딩을 바라보죠
황소가 만든 등짝의 요리

질기고 그윽한

검붉은 입술을 가진 사이코트리아 엘라타꽃은
목젖이 다 보일 정도로 웃는다
숲을 쥐고도 남을 커다란 웃음꽃은
향기를 내뿜어 나비들이 줄줄이 날아오고,
파헤치며 먹이를 구하다가
찐득한 물에 발이 잠겨
뜨아악
일부는 죽고 나는 겨우 줄행랑을 쳐
꽃의 뒤편에 숨는다
어둡고 칙칙한 꽃잎 속에
누옥의 지도가 물그림자처럼 어룽대고 있다
벽에 피가 찍혀 있고,
풍뎅이 날개를 한 태양을 끌어안고
육즙 속으로 파고든다
그녀는 포획물이 나타나자
그의 입 안으로 당의정을 밀어 넣고는
한쪽 문을 영원히 닫아건다
창 아래에는 맨몸으로 비틀거리는 한 남자가
달을 들어 올리며 울부짖고,
내리막길은 쉼 없이 되풀이되고 있다

언덕 아래로 파산 선고를 한 사내들 잘린 발목이
수두룩할 때
힘줄을 계단 삼아 한 발짝씩 발을 내디뎌
마침내 언덕 위로 달아났다
멀리서도 향기는 온몸을 감전시키며
끌어당겼으나 나는 매번 손수건으로 코를 막는다
어느 순간 개미굴 앞에서 흰 깃발로
펄럭이고 있다

권영옥

안동 출생, 2003 『시경』 작품 활동 시작, 한양대 대학원, 아주대 대학원(문학박사) 시집 『계란에 그린 삽화』, 『청빛 환상』, 『모르는 영역』, 저서 『한국현대시와 타자윤리 탐구』, 『구상 시의 타자윤리 연구』, 현재 문예비평지 《창》과 《두레문학》, 《시인뉴스》편집위원, 두레문학상 수상.

dlagkwnd@hanmail.net

가을의 뜨락을 두고 외 2편

예현 권영옥

햇살이 꽃들의 이마를 톡톡
두드리는 것이라 믿는 것이다
가을꽃에 달달한 맛을 지나칠 수 없는 것이다
꽃잎의 맑은 피부를 보고 렌즈를 확대해 보는 것이다
나비를 따라가면서 친구를 힐끔 보는 것이다
각을 세워 가며 옆모습을 뭉그적거려 보는 것이다

속는 셈 치고 벌을 쫓아 계속 헛손질
창을 열고 견디어 보는 것이다
가을꽃이 손짓하는 뜨락 두리번거리며
머무를 방을 찾는 것이다
수국차 마시면서 살찌기를 바라는 것이다

바이러스

벌레들이 스멀스멀 올라오고 사이렌을 울려 비상을 알린다
나쁜 짓이라도 한 양 공격을 받는 것이다
벌레를 죽인다는 것이 미안할 때가 있어 스프레이를 손에 쥐고
망설이다가 덮치고 공격한 일이 견딜 수가 없어 유령같이
들어오는 길목을 지키고 약을 살사 소탕 작전해 보는 것이다
이럴 때는 과학자와 협조하고 싶고 더 강력한 약을 부탁해야 하
는 것이다

사막을 건너 묻어온 아픔 참았던 눈물 말려 볼까 나를 찾아왔으
리라
한밤중 혼자가 되어 숨은 벌레 소리를 들으며 멍 때리기를 자주
하다가
붉은 꽃 숨을 때까지 진한 뭔 물속에서 달빛의 수호신이 되어야
한다
틈만 있으면 들락거리고 고치 속을 사정없이 휘젓고 다니면서 피
를 파먹는
바이러스 가시처럼 쏘옥 뽑을 수는 없을까

빛의 굴절이 있어서

어릴 적 빛을 키워 본 적이 있어
그 영롱한 빛에 빠져
저절로 따라가 물속에 심었지
태양이 도는 줄도 모르고
별 따라 어린왕자의 손을 잃고
혼자가 되어 외로웠어

별을 찾기 위해 빛을 모아
분사했지만 사고가 났어
빛이 몸을 떠나 어두워지고
폭우가 퍼붓더니 별이 보이지 않았어
처음으로 유성이라는 것을 알게 되었지

별이 떨어진 곳을 헤매다가 쓰러져
깊은 나락에 빠졌어
축축한 장미 이불 속에서 오랫동안
습진을 앓고 누었어

심어 놓은 물속
빛의 굴절로 일어나

거미줄의 매달린 물방울 타고
직진으로 나가
일곱 빛깔 빛이 생겼어
이제 별까지는 가야겠어

예현 권영옥

부여 출생, 1993년 『포스트모던』, 『시사문단』 신인상, 한국문인
협회 회원, 은평문인협회 이사, 한국예술인 복지재단 작가, 전
서울시 50+ 시낭송 동화구연 강사, 저서 『꽃물들다』, 『너를 사
랑할 시간들』, 『일기장에서 꺼낸 가족이야기』, 『초록바위』, 『힐
링 시낭송 배우기』, 동인지 다수.

thsev@naver.com

갈대 외 2편

시향 권영주

서걱대며 부비는 소리
뒤척이며 가슴 저리고

잊고 싶지 않은 기억
잊어버리는 두려움에

긴 목 휘청이며
우는 가녀린 몸짓으로
살아온 날들

기다림은 나를
흔들어 놓고

투명한 바람 향기에
채워지는 보고 싶은 얼굴

저무는 들판 길 따라 흐르는
그대의 달빛 그림자

온천장 벚꽃길

봄 햇살, 바람 따가워
벚꽃 나무 잎새들

연분홍 양산을 쓰고
핑크빛 립스틱 웃음 지으며
양 길가에 모두들 나와
나를 환호한다

온천천 맑은 물살
작은 물고기 떼들
백조 물새 되어 날며

들풀 새싹 올라와
새 생명 얻고
아름다운 세상

봄 햇살 길 열렸다

바위섬

모래바람 일으키며
둘레둘레 동백섬 돌아
피는 산꽃

꽃바람 치솟는
태양 시심詩心 안고
꽃향기 불러 보는
시인이 되어

하늘 우러러
파도가 부딪혀도
얼싸안고 달래는
봄 갈매기 바위섬으로
서리라

시향 권영주

　　문화예술인협회 우수 회원, 시 낭송가, 국제펜한국본부 및 한국
문인협회 정회원, 한국문예춘추 지도위원장, 문학비평가협회
이사 외 다수, 1977년 한국문인협회 부산지부 신인문학상(시),

1997년 문예사조(시, 수필)와 2016년 언론문예지 평론 등단,
1948년 노벨문학상 수상자 T.S.엘리엇 134주년 기념 현대시문
학대상, 윤동주문학상대상 외 다수 수상, 저서『심천深泉청정
수』및 서정시집『송년의 노래』,『사랑배』외 다수.
k01045391337@daum.net

우보천리牛步千里 외 2편

권영춘

소가 걷는다
두 눈을 끔벅이며 솟아나는 눈물을 참고
아득한 고향 하늘을 향해 걷는다
두 뿔로는 하늘을 굳게 떠받들고
두 조각 단단한 발톱으로는 인고의 세월을 재며尺
온몸으론 지축地軸을 굳게 밟는다

커다랗게 뜬 눈에 가끔은
서글픈 하늘이 비쳐 올지라도
퉁방울의 검은 눈을 지그시 감고 살아갈 팽팽한 시간을
심장의 깊은 곳에 새기며 걷는다

업고業苦의 죄로 씌운 고삐를 원망하지 않고
산고産苦보다 더한 뼈에 닿는 울음으로
쓰라린 삶을 되새김질하고 있다

긴 속눈썹으로는 지상의 떫은 시간들을 하나하나 쓸어 낸다.
전설 깊은 콧구멍을 벌름거리며 가끔은
체념諦念을 핥고 있다
타고난 운명의 멍에를 벗어날 수가 없기에
기다란 꼬리를 여유롭게 흔들어대며
노동의 시간마저 즐거움으로 새긴다

그가 걷는다 멀고도 먼 그의
본향本鄕을 향해
저물어 가는 신축년辛丑年의 세歲 밑을 뒤로
지난날을 돌아보며 뚜벅뚜벅.

구두를 수선하며

묵직한 세월을 함께해 온 그는 언제나
아무런 불평 없이 가장家長의 뜻을 따라 주었다.
가장 낮은 자세로 가장 안전한
평화의 보도步道를 진단하며 걸어왔다.
행여 남에게 피해를 줄까
주인의 체면을 손상시키지는 않을까
밤 늦은 시간이 되면
한 다발의 피로를 가득 안은 채 그와 함께 귀가한다.

매일 매일 무거운 짐에 눌려
쇼윈도에서 빛나던 그날을 생각할 틈도 없었다.
평생을 오체투지의五體投地의 일관된 자세 하나만으로
버텨 온 그가 오늘은 두어 평 남짓 작은 수술대에 누워 있다.
널브러진
몸으로 아무런 힘도 없이
수선공의 눈치만을 살펴보고 있다.
엄나무 가시처럼 돋아난 욕망과
싸리나무 가지처럼 얽힌
세파에 쫓겨 지금 이곳까지 그는 밀려왔다.

수술대 위에서 납작 새우의 자세를 하고
재생의 시간을 마치면
또 다른 앞날에 대한 역사를 쓸 것이다.
진날 갠 날 밤낮 없는 희생과 낮은 자세로 살아온 그를
나는 언제쯤이나 한 번쯤 가슴 따뜻이 그를
안아 줄 수가 있을까.

소금꽃鹽花

침체되었던 시간들이 밀려오는
늦은 저녁 시간
밥상 위에 피어난 가슴 아린 별꽃들이
종지 안에
곁다리로 소복하게 담겨 있다

바닷물의 비릿한
하얀 웃음소리를 들으며
찬찬히 부서지는 그리움들로
전신을 태우고 태우다가
끝내는 발가벗고 나신裸身으로 서 있는
거룩한 모습들
더 이상 썩지 않을 사연을 담은
날을 세운 하얀 꽃들

소용돌이치는 물길과
세찬 바람에 부딪치면서도
밤이면 푸르른 별빛을 받아
열풍熱風으로 타다 남은

마지막

순수純粹

권영춘

1975년 수필집 『싸가지론』으로 수필가로 등단. 2013년 『스토리문학』에 수필 『암자』, 『돌의 나라』로 신인상 수상. 1985년 『현대시조』 2회 추천으로 시조시인 등단. 1988년 시조집 『세상 사는 이야기』 발간. 시조시인 협회 이사 4년. 시집 『흐르는 세월 그 속에서』, 『달빛이 만든 길을 걸으며』와 『커피를 마시며』. 2013년 『스토리문학』 신인상 수상. 동작구 노인대학에서 『격몽요결』 사서四書 10년 강의. 관악문학상 수상.

kyc12357@daum.net

봄은 경력사원 17 외 2편

권영해

그의 씨방 하나에는
춘하추동이 다 있다

꽃은 대승적 차원에서 최선을 다했다
피어나야 할 때와
피어 있어야 할 때,
져야 할 때를 정확하게 표현한다

그의 존재 이유는
원숙미 넘치는 관록으로
능수능란을 자랑하는 것

설렘의 힘으로 봄은 왔지만
낙화는
의미심장하다

스스로 와해瓦解하지 않기 위해
거대한 화력花力을
낙화력落花力으로 변환하여
위치 에너지를 발현하고
다시 문명을 꽃피우기 위해
자신을 버린다

잠시 눈을 감으니
꽃 지는 명분은 비교적 쉽게 읽힌다

하여
올해는 '낙화'에 대해 논평할 일은 없다

독보적獨步的

놀랍구나
이렇게 느린 것이
하나의 생애일 수 있다니

리허설 없는 그의 삶은
늘 실험적이다
한없이 진보進步하려고 하나
보수步守할 수밖에 없는
한 걸음 한 걸음이 바로
스펙이 된다

진정한 슬로우 라이프,
그의 결심에는 진부함이 없다
독특한 발걸음마다
디테일한 질주 본능이 느껴진다

나아가려 할수록 지키고 싶은
그의 마음은 늘
진보적 보수保守이고
아방가르드한* 그의 행보는

바로
독보적!

나무늘보는
지금 기량이
절정이다

* 아방가르드avant-garde: 기존의 관습적인 틀을 버리고 새로운 관념과 양
  식을 보여 주는 예술 운동 또는 그 유파.

꽃은 민, 들레

말하자면 가냘픔은
좀 허언증이 있어서
아지랑이처럼 아른거리는 건지
신기루처럼 피어오르는 건지
조용히 몸을 펼쳐 보기도 하는 것인데

그래서 꽃은
우쭐대는 마음으로
벙근다든지
부풀어 오른다든지
상상한 것을 구현하기 위해
비눗방울처럼 몸을 터뜨리기도 하는데

열기구마냥 둥둥 떠다니다가
본심을 통제할 수 없어
부메랑처럼 날렵하게 돌아와서는
급격히 솟구치기도 하는데,
때로는 소문의 진상을 좇아
빙글빙글 몸부림치면서
낙하산이 되어 꼿꼿하게

내리꽂는 묘미를 누릴 때가 있다

어쨌거나
세상은
백성들 마음 같지 않다

권영해

『현대시문학』을 통해 김춘수 시인 추천으로 등단(1997), 울산
광역시 문화예술 공로 표창(2007), 홍조근정훈장(2021), 현재
울산문인협회장, 시집『유월에 대파꽃을 따다』,『봄은 경력사
원』,『고래에게는 터미널이 없다』외.
albatrossun@hanmail.net

비대면 시대 그 후 외 2편

권영호(안동)

어떤 전설로 남을는지

고향에 오지 마라
사랑스러운 시선이
그리움 되어
마른 땅 위에
한숨으로 둘러앉았다.

서로의 눈빛을 피하며
옷깃만 스쳐도 섬-찟섬-찟
혼술, 혼밥, 혼영, 혼행, 홈캉스…
버거워도 손톱만 한 희망을 챙겨
우리는 혼자가 아니기에
마스크 속 안거安居로
용케도 버텼지

눈독 들인 좌표가 흔들려도

모두가 한때일 뿐

가슴 속 촛불 하나 켜 들고

함께 위로하며

서로가 손잡았기에

꿈에서도 꿈을 꾸면

얼쑤! 덩더쿵

생그레

세상 살맛이 납니다.

이제, 우리네는

평범한 일상에 행복을 둡니다.

나목의 노래

살아남기 위해
가슴 밑으로
흘려보낸 눈물이
쑥대 같은 삶, 줄기 적시어
네 몸이 일어선다.

남이 볼세라
봉긋한 꽃잎 속에
가만가만 파고든
소리 없는 그리움

그리움은
사랑을 싹 틔우는 것

환희의 진한 감동
따뜻한 가슴 되자고
안으로 혼을 모아
순결한 설렘으로
꽃 빛이 터진다.

바다의 날들

바다가 허락하는 시간에는
새로운 태동이
파도 더미에 출렁인다.

휘저어라, 휘저어라
첫사랑 아무도 모르는
그리움의 난무를
누가 알랴만

젖은 손끝에서 묻어나는
그물 같은 사랑
아름다운 착각인가
눈물을 달고 살아도
사연 없이 걱정 없이
무슨 재미로 살까

신들린 두 팔을 걷어붙인다.
은빛 에너지 흐르는
호미 바다엔

또 하나의 찬연한 생명이

잉태되고 있다.

권영호(안동)

1996년 월간 『한국시』 등단, 한국문인협회 안동지부장 역임,
한국현대문학작가연대 중앙위원, 한국공무원문학협회 이사, 동
인 문집 『한강의 설화』 외 다수.

kyh1396@hanmail.net

아내의 장롱 외 2편

권오견

우리 집 안방
장롱으로 살고 있는 아내

한 치도 빗나가지 않는 모서리
안으로 접고 살아온 세월

비틀어지고 구겨진 나를
반듯한 중심으로 걸어 주는 손길

날마다 과일이 다디달게 익어 가듯
설레임이 차오르는 아내의 공간

장롱으로 가는 길
환하게 열려 있는 우리 집 안방

단풍의 시

상강 문턱을 넘을 무렵
서풍에 묻어간다
곱게 물든 우리 사랑

무르익는 여름의 정사를 뿌리치고
무서리 맞고서야
내심(內心)을 불질러
절정에서 타오르는구나

향일성으로 끓었던 깊은 정
식어 사그라진다 해도
천년 깊은 흔적으로 물들어
먼 훗날 다시 노을로 피어나겠지

상강 문턱을 넘을 무렵
천지간에 가득 넘치는
붉게 물든 우리 사랑

지는 잎새를 바라보면서

늦가을 문지방에 기대어
지는 잎새를 바라본다

비우고 또 비운 자리
빛인지 바람결인지
실핏줄만 환하게 드러난 잎새

걸친 것 다 내려놓고
중유中有*의 길로 접어들었는가

인간의 길을 넘어
떠나는 뒷모습
가볍고 정갈하다

늦가을 문지방에 기대어
지는 잎새를 바라보면서
흐린 나를 닦아 낸다

* 불교에서 사람이 죽은 뒤 다음 생을 받을 때까지의 49일 동안을 이름.

권오견

한국문인협회 회원, 시집『어머니』외 7권, 수필집『사소한 것들도 다 아름답다』외 1권, 문학공간상, 허균허난설헌문화상, 옥조근정훈장 수상.

cham1998 @ naver.com

바람비 외 2편

권오휘

바람이 비를 그리면
나는 바람을 위해 나무 위에 둥지를 만든다
나무 위에 둥지는 내리는 비를 여기저기에
묻어 놓는다

세월이 지나도 빛이 바래지 않는
둥지는 나무 사이로
비와 바람의 추억을 만들고
나뭇가지는 흔들리어 떨어지는
그리움을 자기의 어깨에 걸친다

그리움은 벽을 만들어 놓아도
그 사이로 들어와서
못내 아프고 슬픈 마음에 불을 지핀다

붉은 바람 사이로 추억마저 따뜻하게 만든다
그 따뜻함이 나무문으로 스며들어
세상에서 가장 아름다운 사랑을 키운다
비가 내리는 날 오랜 기다림으로
세상으로 팔을 벌린다

돌편지 Ⅳ

돌편지 사연 속에
인연이 살아나고
하나둘 그리움이 묻어난다

그 사람 다릿돌 하나
쌓아 내게 주었지만
그 다리 낙엽 따라 흘러가고

흐르다 조약돌 되어
물속 인고의 세월
봄풀 되어 돋아난다

골 깊은 인연 따라
여름 가재 돌 속으로 들어가고
향 묻어나는 늦가을 하늘

주머니 속에 넣어 주고
오늘도 만지작거리며
보내지 못한 돌편지

비는 나를

빗방울은 인연을 만든다

봄비는 아련한 아지랑이다
끝이 보이지 않는 철길
빗방울이 돌에 떨어진다
철길 위에 같은 돌이 없듯이
만남도 인연도 그렇다

가을 산이 단풍이 들었다
바람에 날려 떨어질 자리를 잡은
낙엽 위에 또 바람이 분다

겨울비가 내린다
마른 갈대에 바람이 앉는다
비에 젖은 갈대가 서걱인다

시린 겨울비에 바람을 뿌린다
바람이 지나간 자리엔
추억이 하나둘 자리한다
돌아보면 손에 잡힐 것만 같은 그리움이다

권오휘

문학박사, 2003년『문예사조』등단, 2014년『문학세계』평론 등단, 제34회 경상북도 문학상 수상, 한국문인협회 문인권익옹호위원, 한국문협 경북지회 부지회장, 한국낭독회 회장, 예천낭독회장, 풍류와 멋〈예천〉발행인, 동인 시집『오랜만에 푸른 도회의 하늘』, 시집『추억은 그 안에서 그립다』, 저서『훈민정음 제자원리와 역리』.

kwon217@hanmail.net

간밤에 벌어진 일 외 2편

권용태

발정난 고라니
엊저녁 내내 울더니
짝을 잘 만났는지 몰라
아침 뻐꾸기 소리 들어보니
저 녀석
간밤 일을 다 알고 있는 거야

장작더미에 숨어든 들고양이
목덜미 넝쿨진 이빨 자국이
모진 놈 만난 듯
개울의 다급한 흙탕물은
간밤 그 일을 다 본 거야

산방 벼루에 밤비 차올라
갈아도 갈아도 맑은 먹물

나무 심고 바위까지 그렸으나

물안개만 자욱한 화선지는

엊저녁

주천강 일을 말하고 싶은 거야

금오도의 황혼

소망의 땅이 바다에 뜬다
꿈의 하늘로 바다가 열린다

오는 물결은 너의 사랑
보내는 파도는 나의 그리움

오늘 저녁
비렁길* 해송 아래서
초야를 치루는 갯바위

구름이 달빛을 가린다
이슥하도록
남해 바다가 철썩인다

* 비렁길은 금오도의 절벽으로 난 올레길, 여수 사람들이 말하는 벼랑길의 사
  투리다.

선암사련

옛날 옛적
강선루 두 신선이 뒷뜰에 올라
한 분은 앉은 채 백매 되었고
또 한 분은 누워 와송이 되었더라

풍류도 유유상종하는가
조계산 물이 돌수조 감로수로 흐르니
두 몸 살지고 허우대 장대한 건
물이 신선을 만나 빚어낸 익살
봄바람에 움트고 여름비로 무성하더니
잘 익은 열매 먹음직한데
겨울 뜨락에 다 버리더라

자심한 곡절이야 바람결이 위로하여
둥글둥글 그 향내 맑고도 그윽하여라
오지랖 또한 너르고 포근하여
남녘 땅 유래되었다지

오늘은
두 신선이 시험 보는 날

봄은 어디서 오는고?
편안히 누운 소나무는
저요, 길다란 손을 치켜들고
무심하게 늙은 선암매는
가지가지 웃음꽃만 벙글

돌수조가 맑은 물 먹이며
옳소
둘 다 옳소이다

권용태

2012년『문예사조』등단, 횡성문학회 동인.

jukgok2729@daum.net

영봉 외 2편

미래 권정애

해발 604m
자신은 없었지만
오랜만에 스틱 잡고
영봉에 오른다.

젊은 시절 산이 좋아서
날아다녔던 기억
끌어 주는 친구들 우정으로
내딛는 발걸음이 가볍다.

숨이 차게 깔딱 고개에 오르니
영봉 정상 감동이다
건너편 백운대 인수봉도
손에 잡힐 듯 웅장하고

멋진 사진 한 장 남기는데
배고픈 고양이들
옆에 와서 애교를 부린다.
내가 캣맘인 줄 어찌 알았는지

예쁜 손

그녀는 말도 없이
물끄러미 나를 보고 있다
쉬임 없이 움직이는 입가에
노래인 듯 누구를 찾는 듯

오뚝한 콧날에 넓은 이마
조그마한 입술 미인이다
사랑하는 임과 추억을 회상하듯
빙긋이 미소도

푹 꺼진 눈두덩이
주름에 덥혀진 얼굴
치아는 하나도 없다
자글자글한 손으로

내 손을 꼭 움켜잡고 가지
말라는 듯
힘을 주고 있는 손이 예쁘다
어떻게 해 줄 수가 없어

가슴이 먹먹하고
눈가에 눈물이
아름다운 사람들이 겪어야
하는 생로병사인가

가묘假墓

막내가 다섯 살 때 홀로되신 아버님
다섯 남매를 사랑과 눈물로 품에 안고
힘든 세월 많고 많았지만
자식을 위해서 희생하신 그 정성

아버님의 은혜를 어찌 다 갚을 수가 있을까
자식들의 효도는 아직도 멀었는데
아버님은 원하셨다
사후에 쓰실 가묘가 있으며 좋겠다고

좋은 날 정성스럽게 만들어 놓으니
저 가묘는 내 집이다
주름진 얼굴 환하게 웃으신다.
나날이 연로해 가시는 모습에

나는 가슴이 무너진다.
나무 위 산새는 왜 저리도 구슬피 우는지

미래 권정애

월간 『시사문단』 시로 등단. 월간시사문단 작가, 한국문인협회,

빈 여백 동인, 금천문학회, 한국창작 문학회, 태사문학회 등 회원.

elin427@daum.net

전시회 외 2편

권철구

벌써 두 번째
작년에 이어 당진 시화전에
참가했다 올핸 長病으로
관람은 못했다

나날이 온몸으로
그림 그려 나간다
요점 정리하듯 줄이고
화장하듯 얼굴 그렸다
단풍 들 듯 꽃 피우듯
마무리 지을 때가 되었다

자화상

내어다 걸어 볼까

끝물

가을
단풍의 터널
불에 덴
화인처럼 붉게 멍울진
참 예쁘게도 수채화로 그렸네

끄트머리에 가을 문턱
망설임으로
누렇게 멍든 네게
겨울이 온다고 굳이 알리지는 못하겠다

안녕 안녕 그리고 또 안녕
팔랑팔랑 낙엽 지니
곧
소식 오겠다

난 너에게

감사하다고
사랑한다고
주머니에 숨겨 뒀던
눈깔사탕 꺼내 먹듯
말한다

농부가 들판에
씨앗 뿌리듯

언제나 난
허수아비였다

빈 가슴에
봄은 올까

권철구

경주 출생, 동국대 경제학과, 인천대 행정대학원 석사과정 수료, 월간『한맥문학』, 월간『한울문학』시 등단, 한국문인협회 시분과 회원 및 한국문학협회〈새한국문학〉작가회장 외, 당진시인협회 및 한국문인협회 당진지부 회원, 시집『누름』외 다수.

chgkwon@hanmail.net

풍경 소리 외 2편

권필원

고요와 적막을 먹고 사는 풍경 소리여
녹슨 세월 닦아 내는 속울음 소리여
때로는 이승이듯
때로는 저승이듯
꿈인 듯한 그런 세상으로 나를 인도하여라

내 끝내 잊지 못할 정겨운 사람 찾아
이승의 끝 헤매이다 쓰러진다 하여도
하늘문 열어 보면
해묵은 향기 배어 있는 잊혀진 사람 하나와
조촐한 해후를 하게 하여라
더 이상 슬퍼할 것과 기뻐할 것 없는,
토막 난 세월이 없는
무념의 세상 속으로 나를 인도하여라
그 세상에서는 꼬ー옥 잡을 손목 하나와

그렁그렁한 눈망울 속에
쇠잔한 내 영혼을 잠기게 하여라.

오징어

세상의 무게에 천 톤 프레스에
처절하게 짓눌려진 그 몰골이라니
갈기갈기 찢기고 찢겨
잘근잘근 씹히는 운명이라니
하기야 인간들도 씹으면서 씹히면서
히히덕거리며 반 미치광이처럼
사는 게 아니겠어
어차피 씹힐 바에는 오징어처럼 씹히면서
살아가면 되지 않냐구

인간들도
오징어처럼 적당하게 간이 되어야 한다니까
그래야만 고단한 세상살이를 버티어 낸다니까
고독이라는 지독한 싸움에 지쳐
천박한 삼류 사랑에 지쳐
괜시리
밋밋한 오징어의 육체를 탐닉한다니까

성냥

순수 혈통 가문의 명예를 더럽힐 수 없는 법
숨막히게 작열하는 태양의 잔인한 삶의 방법과
내 삶의 방식을 비교하지 말아라
탄생은 참으로 거룩하고 위대하지만
죽음도 장엄하게 맞이할 때가 있다
우리의 삶이 날마다 사소하지만 따지고 보면
경이롭고 웅장한 일이 있듯
작은 혁명도 위대할 때가 있다

나는
겨울 철새 시린 발을 따뜻하게 덮어 주는
소박한 불씨이고 싶다
가난이 대물림되는 어느 집
아궁이에 불쏘시개가 되기 위하여
우리 가문이 몰락을 하여도 피시식…
화려하게 자결을 할 것이다
세상의 초라한 밥상 위에
김이 모락모락 피어오르는 따뜻함이 되고 싶다

권필원

『태사문학』 대표 및 발행인, 재경남원문인협회 부회장, 한국문인협회 금천지부 회장, 한국창작문학 회장 역임, 한국문인협회 회원, 『문학 에스프리』 및 『문예사조』 등단, 저서 『혼돈』, 『이 시대의 번뇌를 넘어서』 공저 외 다수.

kpillwon@naver.com

느티나무의 고객 외 2편

권혁수

봄비 지나가네
벚꽃잎 흩날리네
직박구리 까치 날아가네
텅 빈 들과 마을의 경계에서
느티나무가 나를 기다리네

하지만 난 지나갈 사람이 아니야
안녕하세요? 인사하는
절친 고객이야 세상 어디로도
떠나지 않고 느티나무 그늘에 정착한
순수 고객

살비듬 검버섯 무성한 할아버지
오늘도
개울 건너 둘레길 먼바라기로

오백 살 손자를 기다리고 섰네

날개 꺾인 새 한 마리
느티나무 그늘 깔고 누워 꽃잎 흩날리는 꿈을 꾸다
봄비 소리로
낮게 울고 있네

귀향

고향에는 어디나 바람이 분다
바람 따라가면 거기가 고향이다

너무 주물러 함지박이 된 어머니 가슴에도
시리게 바람이 분다

– 속병은 좀 어떠세요?

바람 부는 날
어머니가 평생 껴안고 사는 해소 만나러 간다
익모초 한 다발 묶어 등에 지고
어제 떠나 오늘 간다

– 바람이 차다 어여 안으로 들어와

어머니의 기침 소리에 맞춰
새벽처럼 날 시퍼런 작두로 익모초를 썬다

썰어도 썰어도 썰리지 않는
퀴퀴한 해소가 문틈으로 하늘을 올려다본다

- 눈이 오려나 보다 그만 하고 어여 들어오라니

뭉툭하게 잘린 익모초 대궁 같은
거친 손목이 손짓을 한다

꽃버스

실을 게 너무 많아
아무것도 싣지 못하고
들꽃만 가득 실은 꽃버스

아침에 태양이 지나가다 인사하고
언제 떠나느냐
저녁 늦게 달님이 찾아와
어디로 가느냐

물어도 묵묵부답

갈 곳 몰라 만날 사람이 없는 나의 여생(餘生)처럼
나머지로 남겨진 무인버스

봄과 여름 사이에 멈춰 서서 잡초들이
내 귓불 붙잡고 속삭인다

멈춘 게 아니라고

나만 타라고

들꽃들 가는 데로 함께 가자고

숫을대문 대신에
바람 넘나드는 창문 활짝 열어 놓고

권혁수

강원일보 신춘문예 소설 당선, 계간 『미네르바』 시 등단, 2009
서울문화재단 젊은예술가지원 선정, 한국현대시인협회 작품상
수상, 시집 『빵나무아래』, 『얼룩말자전거』.
kwonq1206@naver.com

갈대의 노래 외 2편

권혁찬

오고 감의 인연과
천양지차의 거리를 둔
생의 리듬을 툭탁거리며
장단과 거리가 먼 벌레들의 합창처럼
가벼운 노래를 한다

무겁고 비대했던 망상들을
북처럼 두드리며
무게를 떨구고 고개를 숙여
새하얀 노래를 한다
속 빈 갈대의 비중으로
세상의 무게를 저울질하고 있다

술과 가을비

오곡이 짐을 꾸려
아득한 고향을 찾아
더듬적거리듯 환생을 획책하던 밤
때 늦은 빗방울 소리에 까락을 누인다
아직 덜 익은 국화주처럼
소문만 무성하게 두르고
취기를 발하지 못한 채
뿌연 거품들만 부글거리는 오후
서둘러 취해 버린 까닭은
설익은 가을비 때문이었다

술도 익고 비도 굵어지면
뜬소문처럼 이 밤도 깊어져
가을을 원망하듯 돌아누웠던
깊고 어두운 꿈들이 문을 열고
빗소리에 노란 옷을 입혀
이 가을을 노래할 것이지만
술과 가을비의 인연처럼
비에 젖은 술잔들을
한 잔 두 잔 마시고 있는
어설픈 가을 저녁이다

인연의 길이

둥근 것들보다
오랜 유구함으로
세월과 시간을 유추 중인
거친 시간들이
인연처럼 가늘고 긴
머리채를 움켜쥐고
지나간 세상을 저울질하듯이
하루 이틀 헐어져 나가는
헤식은 시간들을 곁눈질하며
길고 짧은 오라기들을 다듬는다
인연의 길이를 다독거린다

권혁찬

2010년『현대시학』등단, 한국문인협회회원, 평택문인협회장.
계간『시산맥』운영위원, 현대시학회 회원, 경기도문학상, 경기
문학 공로상. 평택예총 문학공로상 등 수상, 제3회 제부도 바다
시인학교 백일장 장원. 평택〈시사신문〉,〈평안신문〉칼럼 연재
중, 시집『바람의 길』동인시집『텃밭일기』.
ds2gvh@hanmail.net

백목련 외 2편

권희경

겨울 풀 기다림에
눈빛 따가워
하얀 솜털
터트려 내니

속살거리며
헤살거리던 눈빛에
살갗 내음으로
어지러운 하늘다리

하얀 깃털
한 조각 떨구어
휘휘로이 날며
돌아다본다

거무스름한
몸뚱어리 사이로 내민
속살 부드럽다

곱디
곱다

달빛 향기는

높은 하늘과 맞닿은 지평선
굽이굽이 용트림하는 붉은 소나무는
오랜 역사 위로 전해지는
지혜로움과 용맹스러운 표상
조상의 긍지로 그대로 담겼구나

둥근 보름달이 차서
마음의 빗장을 열고 나니
젖어 드는 달빛에
잠시 쉬어 가는 여정은
넉넉히 챙겨 주는 풍성함에 반겨 안기며

들녘
잉태의 산고를 겪고
알알이 맺혀 수확의 계절에 머무니
아련함과 그리움이 드리운
옛 고향의 향기로 머물 겁니다

독도 1

은비늘 깔아 놓은
꿈속의 섬
자유, 새 희망을 담은 갈매기
쓸쓸히 수놓은 청색 바다를
아우르는 작아진 마음

손에 든 태극기
우리들의 염원을 담아
성스러운 마음에 잠시
발걸음 내려 벅찬 마음
여기에 놓아 두니

잔잔해진 숨결 반겨 안고
뭉클해진 가슴
자랑스런 태극기가
독도의 하늘에
영원하길 기원합니다

권희경

국보문학문인협회 2012년 등단, 호음문학 사무국장, 한국문학
문인협회 정회원, 한국문학신문 최우수상, 우주문학상 대상 등.
gmlrud60@daum.ne

시조

커튼콜 외 2편

권영희

희고 검은 건반 위를 날아가던 손가락이
비즈가 달려 있는 쪽빛 드레스 살짝 든다
오늘은 제 어머니께 박수 힘껏 쳐 주셔요

팔 남매 맏며느리 오 남매 품이었으나
칠순을 넘기도록 주연 한 번 하지 못한
이 시의 주인공은 오직 제 어머니랍니다

당부

요양원 침대에 아흔 생 붙박아 두고

이승인가 저승인가 가끔씩 살피시는

그 여인 머리맡에는 아쉬운 일 투성이

몸이 말 알아듣는 젊은 날이 보배라고

하고 싶은 일 하라고 미루고 살지 말라고

온 차례 밟아 가는 게 가는 순서 아니라고

스토커

사랑합니다 고객님 고객님 사랑합니다

시도 때도 없이 아무나 닥치는 대로

잽싸게 사랑한다니 버겁구나 그 사랑

너밖에 없다고, 너만 좋은 그 구애

한때는 냉가슴이 철렁하고 설레었던

사랑의 총알을 물고 전화벨이 울린다

권영희

2007 『유심』으로 등단, 시집 『오독의 시간』 등 2권, 2015 서울
문화재단 창작기금 수혜.
sunsonnet@naver.com

막도장 외 2편

권혁모

예쁘게 새긴 한자 이름 손때 묻은 회양목
한 획도 다치지 않고 마흔 몇 해 건너왔으니
참 좋다
막도장이라서
허물없는 사이라서

땀흘린 막노동도 잔을 나눈 막배기도
'막'이면 다인 우리 그래서 뜨겁지 않니
오래전 셋방살이도
보증서지 않았니

보문사에 들다

나 이제 저녁놀밖에 가진 것 없는 필부匹夫
만나 볼 사람 있어 큰 바위가 되어도
다시 또 천 년을 기다리는
마애불은 아니리

빗소리 까치 소리 무장 좋은 칠석날에
이 득음得音 들을 날이 십 년일까 이십 년일까
손가락 암만 꼽아도
더는 없네 물릴 길

너와 나의 수평선으로 바다가 모여들 듯
하마 시린 무릎 아래 왁자한 외손外孫들 목소리
낮은음 에인 음표의
낙엽이 지고 있네

똥에게

청산 깊은 계곡에 터를 잡은 예쁜 똥아
화들짝 놀라 달아났을 눈빛 자꾸 떠올라
죄 없이 이날을 살아도 지은 죄가 두렵다

그립고 쓰디쓴 똥아 저렇듯 애타던 사연
헝클어진 사랑까지 올림머리로 묶었는데
어젯밤 떨어진 별똥을 네가 먹었나 보다

보랏빛 사연 있지만 그래서 멍든 똥아
밟아 보지 않으면 인생을 논하지 말라
여기에 지친 한 목숨이 탑을 쌓고 가셨다

권혁모

안동 출생, 동아일보 신춘문예 당선(1984), 중앙시조대상 신인
상. 한국시조시인협회 작품상, 한국꽃문학상 특별상, 월간문학
상, 영축문학상 수상, 시집『첫눈』외 2권, 한국문인협회 안동지
부장 역임, 한국문인협회 문학정보화위원장, 한국시조시인협회
자문위원, 가람시조문학상 운영위원,《오늘》동인.

poem000@hanmail.net

수필

더 뜨겁고 떨리는 열정으로

권남희權南希

제주의 추사 김정희 집을 들어서는 입구 감나무 아래서 뉴스를 들었습니다. 노벨문학상 수상자입니다. 가을이면 문학인들의 가슴을 떨리게 하는 일은 으레 노벨상 소식이었습니다. 추사의 文字香과 書卷氣가 겹쳐지는 순간입니다.

2022년 노벨문학상은 프랑스 소설가 아니 에르노(82세)이고 여성으로는 17번째라고 합니다. 남성, 여성을 떠나 우선 나이에서 한국 작가들에게 희망을 주고 있습니다. 한국에서 문학단체마다 겪는 일은 한 가지입니다. '문단의 고령화'라며 자학에 가까운 자탄으로 침체를 우려하고 있는 것이지요. 순수문학의 젊은 세대 외면으로 문학은 여기餘技의 무엇이고 은퇴인들의 향유물인가 자꾸 돌아보며 되묻고 있습니다.

하지만 나이를 의식하지 않아도 된다는 사실을 아니 에르노가 보여 주고 있지 않을까요? 거침없는 표현에 직접 체험하지 않은 허구는 한 번도 쓴 적이 없다는 자전적 글쓰기의 끝판왕이지 싶습니다. 『집착』, 『탐닉』 등으로 한국에도 팬층이 두터운 이유를 생각합니다. 나이를 초월하고 영혼의 자유를 추구하는 본보기라고 여깁니다.

어느 시대건 작가는 늘 젊었고 지금도 젊습니다. 작가의 젊음은 세상을 밝히는 빛입니다. 진짜 문제는 의식의 고루함을 피할 수 없는 관습과 껍질을 벗지 않는 자세이지 않을까요. 껍질 안에 갇힌 진짜 이야기는 죽어 가고 보여 주기식 글을 쓸 수밖에 없는 좁은 세상을 불평합니다. 지구를 떠나야 진짜 작가의 모습이 나올지도 모르겠습니다.

비슷한 체험인데 문제 의식을 드러내고 핵심을 거침없이 파헤치는 자세에서 싱싱한 문학성이 뿌리내리는 사실을 노벨문학상 수상 작가 아니 에르노에서 확인합니다.

독자들을 열광하게 하는 글쓰기와 작가의 역할은 사회 부조리와 모순을 고발해 주는 일이라고 생각합니다. 문학성을 연구하는 일은 학문에 맡기고 작가는 글로써 세상에서 벌어지는 일을 기록하는 것입니다.

노벨문학상은 때로 장르를 뛰어넘기도 합니다. 2대 수상자는 역사학자였고 철학자 베르그송과 러셀이 받기도 했고 1953년에는 윈스턴 처칠이 수상했지요. 2015년에는 논픽션 작가 알렉시에비치 2016년은 미국의 싱어송라이터 밥 딜런 등 범위가 확대되었습니다. 이런 현실에 장르를 폄하하는 일은 없어야겠지요.

때마다 느끼는 일이지만 문학지원사업에서 배제되는 장르가 있다는 사실이 어이없기도 합니다. 고압적인 자세로 서열을 정하고 근거도 없이 거부되는 일은 거짓의 문학을 부추기는 일입니다. 미술이나 사진에는 존재하지 않는 장르 폄하가 이어진다면 문학의 숲은 고요해지고 새들도 날아들지 않을 것입니다. 물이 맑으면 달이 와서 쉬고 나무를 심으면 새가 날아와 둥지를 튼다는 말이 있습니다. 문학적 생명을 주고 모여들어 문학을 살게 하는 바탕은 체면을 세우고 귀천을 구분 짓는 것이 아닌 인정과 수용이라 생각합니다. 온갖 나무가 함께 사는 섬을 생각합니다. 나무가 많은 섬에는 고기가 서식하기 좋아서 해안가 마을은 고기를 모이게 하는 숲을 조성하였다고 합니다. 이런 숲을 어부림이라고 합니다.

국가나 정부 단체가 작가의 능력을 다양하게 펼칠 수 있는 마당을, 더 넓게는 광장을 세계로 펼쳐 주어야 한다고 생각합니다. 가지고 있는 모든 에너지를 발산하면서 재주를 보여 줄 수 있는 기회가 많아질수록 뛰어난 인재가 나오겠지요.

노벨문학상은 작가에게 주는 것이지 절대 어떤 한 작품의 문학성에 주는 것은 아니라고 합니다. 과학상처럼 자료와 수치로 계량할 수 없기 때문입니다. 물론 국력과 정치적인 성향도 작용한다는 설도 있습니다. 아니 에르노는 『카사노바 호텔』에서 '문학은 현실과 맞닿아 정치적일 수밖에 없다.'고 밝혔습니다. 1901년 첫 시상 이후 노벨문학상은 정치적이라는 이유로 비난받기도 합니다.

'노르웨이 출신 수상자인 함순은 나치에 부역했는데도 상이 박탈되지 않았고 사르트르는 한국전쟁 북침설, 소련 굴라그 문화 대혁명 등 공산주의의 3개 악행을 지지했음에도 선정되었다(본인이 수상 거부). 2019년 수상자 페터 한트케는 유고 내전애서 인종 청소를 저지른 밀로셰세비치와 세르비아 정부를 옹호하고 그의 장례식에서 참여해 옹호하는 연설을 하고 같은 논조를 담은 책까지 써냈다. 에밀 졸라도 노벨이 싫어해서 아예 제외되고 스웨덴이나 북유럽 출신들을 암암리에 밀어 주는 경향이 있다.'

- 나무위키 발췌 -

마음이 헐렁한 곳간이 되었을 때 문화예술인의 생활은 훌륭한 처방전입니다. 나무도 나이 들면 속이 비는데 내면세계를 채워서 거듭나야 하는 인간은 더 하겠지요. 우주로 가는 시대, 지구도 하나의 별로 남을지도 모르는 시대 작가는 소중한 재산이라 생각합니다.

지금부터 나이를 떠나 20년~30년을 가식을 버리고 치열하게 집필활동에 전념할까요? 거기에 국력이 더해져 한국이 위대해진다면 노벨문학상 소식이 찾아오리라 기대합니다.

권남희權南希

1987년 『월간문학』 수필 당선, 한국수필가협회 편집주간 역임, 한국수필협회 부이사장, 한국문인협회 수필분과회장, 한국예술인 복지재단 및 한국 여성문학인회 이사, 국제펜 한국본부 회원 등. 롯데문화센터 강남점, 소후 수필연구반, 현대백화점 신촌점 외 강의, 수필집 『미시족』, 『어머니의 남자』, 『시간의 방 혼자 남다』, 『그대 삶의 붉은 포도밭』, 『육감 하이테크』, 『목마른 도시』, 『이제 유명해지지 않기로 했다』, 『민흘림 기둥을 세우다』

등 14권. 한국수필문학상, 한국문협 작가상, 구름카페문학상, 올해의 에세이스트상 등 수상.

stepany1218@hanmail.net

묘妙골마을 2

권민정

한 젊은이가 고개를 넘어가고 있다. 그의 발걸음은 무겁고, 표정은 비장하다. 삶과 죽음, 그 갈림길에서 어느 쪽을 택하느냐는 본인의 의지일 때도 있지만 권력을 가진 자의 손에 맡겨지기도 한다. '나의 미래는 어떻게 될까?' 그는 생각한다. 기적과 같이 살아남은 생명의 작은 불씨마저 영영 소멸되어 버릴까? 아니면 그 나무가 꽃을 다시 피우게 될까? 참으로 중요한 갈림길에 있다는 생각이 들었다.

젊은이의 이름은 박비婢. 신분이 노비인 것도 서러운데 왜 이름까지 비라고 지었을까. 그는 늘 궁금했으나 박씨 성을 가진 종이라는 이름으로 살 수밖에 없었다. 어느 날, 청년이 된 비 앞에 높은 신분의 한 양반이 찾아와서 자신이 이모부라고 했다. 그리고 놀라운 이야기를 했다. 출생의 비밀에 관한 이야기, 그가 어머니의 복중에 있을 때 일어났던 피비린내 나는 살육의 역사에 대해서였다. 그는 종이 아니라 역적의 자손이었던 것이다. 태중에 있을 때 이미 남자로 태어나면 죽이라는 어명이 내려진 운명이었다. 죽을 수밖에 없던 아기를 살려 낸 사람은 지금의 어머니다. 노비였던 그녀는 주인의 아들을 자신이 낳은 딸과 바꿔치기 함으로써 아기의 생명을 위기에서 구한 것이다.

조선 5백 년 역사에서 가장 참혹했던 살육의 현장, 삼족을 멸하고 남자의 씨는 말려 버리겠다는 세조의 의도대로 사육신의 남자 혈육은 다 죽고 말았다. 그런데 그 위기의 순간에 생명 하나가 기적적으로 살아남아 경상도 땅, 달성군 묘리에서 17년을 살고 있었던 것이다. 취금헌 박팽년 선생의 손자 박비의 이야기다.

출생의 비밀을 알게 된 박비는 어떤 심정이었을까? 이모부는 자수를 권했다. 세상이 많이 변했으니 본래의 신분을 되찾으라는 것이다. 그렇게 서슬 퍼렇던 세조는 이미 죽어 임금도 두 번이나 바뀌었다. 그렇지만 지금의 임금도 세조의 손자인데 자수한다는 것이 목숨을 건 도박이 아니겠는가, 그는 고민하고 또 고민했을 것이다.

박비가 자수를 결심하고 한양에 가는 날 그는 문낵이고개聞樂峙를 넘어갔다. 묘리에서 왜관으로 바로 갈 수 있는 고개이다. 이 고개를 넘나드는 사람들이 즐거운 마음으로 안부를 묻고 듣는다는 뜻에서 문낵이라 한다. 문낵이고개에 서면 낙동강이 보인다. 언덕을 내려가 낙동강을 따라 걷다 보면 한양 가는 길을 찾을 수 있다. 그는 고개에 서서 두렵고 떨리는 자신의 마음과는 달리 저 아래에서 유유히, 그러나 무심한 듯 흐르는 낙동강을 내려다보았다. 수천수만 년 전부터 흐르고 있는 강은 앞으로도 계속 흐를 것이다. 한 치 앞을 알 수 없고 마치 바람 앞의 등불 같은 인간의 존재에 비해 자연은 얼마나 유장한가. 그의 할아버지의 죽음을 생각하면 이야기를 듣기만 했는데도 모골이 송연했다. 끔찍한 고문을 받고 옥에서 죽었는데 또 거열형까지 당했다고 했다. 자신의 할아버지뿐 아니라 증조할아버지, 할아버지의 형제분들, 자신의 아버지, 아버지의 형제까지 그렇게 남자들은 다 죽고, 재산은 몰수되고, 집안의 여자들은 모두 노비가 되었다 했다. 그는 자수할 결심을 하고 발걸음을 내디뎠으나 두려웠다. 어쩌면 살아서 돌아올 수 없는 길이 되어 이제는 다시 볼 수 없을지도 모른다는 생각에 마을을 돌아보고 또 돌아보았다.

박비가 마을을 향해 언덕을 내려오고 있다. 한양을 향해 고개를 넘을 때 발걸음은 무겁고 표정은 비장했지만 지금 발걸음은 날듯이 가볍고 얼굴은 기쁨으로 환하다. 새로 태어난 듯하다. 그가 한양에서 겪었던 일을 생각하면 꿈을 꾸는 것 같았다. 세조의 손자 성종은 세조와는 다른 임금님이었다. 감히 임금의 명을 어기고 속이기까지 한 박비와 그의 어미를 죽이지 않고 용서했다. 또 한 번의 피바람이 불 수도 있었는데 임금은 그에게 새 이름까지 지어주었다. 사육신 중 유일하게 남은 옥구슬이라는 뜻의 일산壹珊이란 이름을 주셨다. 사육신 여섯 가문 가운데 유일하게 대를 이은 박일산은 묘골에 터를 잡아 그의 자손들이 수백 년 이어져 내려오고, 묘골 순천 박씨의 입향시조가 되었다. 그 후 그의 자손들은 할아버지의 봉제사만이 아니라 멸문지화로 절손된 사육신 다섯 분의 봉제사까지 받들어 오늘에 이르렀다. 박비가 내디딘 발걸음은 목숨을 걸 만큼 위험했지만 그가 용기를 내어 한 역사가 만들어졌다.

지금은 행정구역상 대구시 달성군 하빈면 묘리에 있는 묘골마을
을 찾아갔다. 내가 묘골을 방문한 날은 폭염이 계속되던 한여름이
었다. 꽃이 활짝 핀 배롱나무가 마을 입구에서부터 사육신기념관
까지 가로수로 길게 이어져 있었다. 배롱나무는 나무줄기가 매끄
럽지만 속이 꽉 차 있어 일편단심을 나타낸다 하여 예전부터 사당
이나 서원 등에 많이 심었고 선비들의 사랑을 받아온 나무이다. 한
여름, 산과 들이 초록으로 덮일 때 배롱나무의 붉은 꽃은 초록과
가장 잘 어울리는 꽃이기도 하다. 오래전에 묘골을 방문했을 때보
다 마을은 더 아름답게 가꾸어져 있고 고택들도 잘 정비되어 있었
다. 마을 곳곳에는 사육신을 기념하는 건축물들이 국가 보물로,
문화재로 남아 있다. 마을 입구에는 충절문이 서 있고, 마을 주민
은 절개와 의리라는 뜻의 절의節義라는 단어, 우리가 거의 잊고 사
는 이 단어를 일상어로 쓰고 있다.

사육신의 정신, 불의한 권력에는 목숨을 걸고 저항했던 그 정신
은 500년 동안 우리 민족 속에 면면히 내려와 어쩌면 지금의 민주
화를 이룬 정신적 뿌리일 수도 있다. 지금 묘골이 충절의 고장으로
이름이 나 대구 근교의 명소로 충분히 자리할 만하다는 생각이 들
었다.

나는 박비가 자수를 결심하고 넘어갔다는 문맥이고개에 올라갔
다. 그리고 고개에 세워져 있는 육각정에 올라가 저 아래 흐르는
낙동강을 내려다보았다. 어려서 들었던 박비의 이야기를 생각했

다. 내 외할머니가 묘골 순천박씨이고 어머니는 외가인 묘골에서 태어나 5살까지 묘골에서 컸기에 나는 외할머니와 어머니한테 묘골 이야기를 들으면서 자랐다. 주로 박비와 박비를 살려 주고 키워 주셨던 어머니, 여종에 대해서였다.

"옛날에는 사람들이 참 의리가 있었어."

지금도 귀에 맴도는 외할머니의 음성이다. 이미 주인의 가문은 몰락했고 그녀는 자신과 똑같이 노비가 된 마님에 대해 어떤 의무도 없었는데도 그렇게 했기에 세종대왕과 단종에게 의리를 지킨 사육신만큼 그 여종을 칭송했다. 그리고 할머니가 들려주신 이야기는 참으로 긴장감이 넘치고 아슬아슬했지만 박비의 용기가 얻어낸 신분 복원의 역전의 내용이라 재미있었다.

나는 박비를 살린 여종, 그 할머니를 참배하고 싶어졌다. 뿌리를 찾아가 보면 나의 존재 역시 그 할머니와 이어져 있다는 생각이 들었기 때문이다. 그런데 이상했다. 아기의 생명의 은인이며 후손들에게도 자신의 생명이 있게 한 존재인 그 여종을 기념하는 추모비 같은 것이 어디에도 없었다. 이럴 수는 없는데 왜 그럴까? 그 이야기가 단지 야사나 안방에서 전해지던 여자들의 이야기가 아니라 역사에도 기록으로 남아 있는 것인데…. 기념비 같은 것이 없어도 마음으로 기억하고 추모하면 충분해서 그런 것일까. 그러나 죽을 수밖에 없던 태胎중의 아기를 살게 하고 삶이 이어지게 함으로써 그 마을을 존재하게 한 주인공에 대한 예의는 아닌 것 같은 생각이 들었다. 자신의 태중의 아기가 남아인지 여아인지도 모르는 상황에서 자신의 아기의 생명을 걸었고 그런 위험을 감수했던 분이 아닌가. 양반의 생명이 소중하다면 종의 생명도 소중한 것이다. 태를 지키고 아기의 생명을 보호하고자 하는 모든 어미들의 가장 근본적인 본능까지 극복했던 분이었다.

박일산은 친어머니를 만나서 같이 살게 되었을 것 같은데 키워준 어머니는 그 뒤 어떻게 되었을까? 나는 그런 생각들을 하다가 그녀의 신분이 노비에서 면천免賤되어 그녀는 친딸을 찾아 마을을 떠났을 것이라는 생각이 들었다. 그래서 이 마을에는 어떤 기념물도 없는 것이다. 그러나, 그렇다 하더라도 묘골에 사는 후손들이 자신들이 받드는 조상과 똑같이 그녀를 받들고 기념한다면 묘골은 훨씬 더 빛날 것이다. 돌아오는 내내 외할머니가 이야기했던 '의리'라는 단어가 계속 머리에서 떠나지 않았다.

권민정

『계간수필』등단(2004), 계수회장, 이대 동창문인회 이사, 수필문우 회원, 수필집 『은하수를 보러 와요』, 『시간 더하기』.
gnsmj@hanmail.net

자유Liberty

권순희

   몇 주 전 남편이 "당신 생일이니 어디를 가장 가고 싶은지 말해 보아라."라고 묻길래, 대뜸 "조지아 남쪽 작은 도시, 윌리암슨Williamson에 가고 싶다."고 대답했다. 그곳은 아주 조용한 시골 한적한 동네이기에 그는 나의 희망 사항에 대해 아주 의아해했다.

   세계에서 가장 큰 규모의 공항 중 하나인, 동남쪽 조지아주Georgia State, 여기 애틀랜타 하츠필드 국제 공항Hartsfield-Jackson Atlanta International Airport에서 고속도로 75번을 타고 남쪽으로 50분 정도 운전해 가면 목적지인 윌리암슨에 도착할 수 있다. 작은 시골 타운, 윌리암슨 근교에는 소형 비행기를 소유하고 있는 주민들이 많이 살고 있다고 한다. 그들 대부분은 대지가 넓은 주택들을 소유하고 있다. 이 타운 근교에 아주 오래된 비행장이 하나 있고 그 안에 양질의 식사를 즐길 수 있는 구내 식당 Barnstome도 하나 있다. 주로 비행기 소유자들이 즐겨 이용하는 곳이다 윌리암슨 근교에 위치해 있는 작은 비행장, 피치 스테이트 공항 Peach State Airport는 사실 거대한 애틀랜타 국제 공항보다 더 자유로운, 일반 서민들이 더 쉽게 비행기와 공항에 접할 수 있는 곳이어서 언제나 정감이 가는 곳이다.

또 이 비행장에는 작은 박물관 Candler Field Museum도 있어 학생들이 방문해서 아주 오래된 빈티지 비행기들, 예를 들면, 세계일차대전World War I경인, 거의 구경할 수 없는 1920s쯤의 소형 비행기들도 많이 접할 수 있으며
비행기들에 대한 역사, 전시된 특이하고 작은 비행기종들을 직접 구경할 수 있다. 또 어린 학생들을 위해 멘토링 프로그램을 운영하여 비행기 조립이나 비행 훈련을 받을 수 있으며 장학금도 있어 무료로 훈련받을 수 있다.

점심을 먹기 위해 우리 부부가 구내식당에 도착했을 때 우연하게 남편의 전 직장 동료를 만날 수 있었는데 그녀는 친구들과 비행을 막 끝내고 식사를 하며 쉬고 있었다. 몇몇 소형 비행기 소유자들이 중고 가격은 최소 2만 불(2~3천만 원)이면 구매하여 즐길 수 있다고 귀띔해 주었다. 즉, 자동차나 멋진 모토바이크Motor Bike보다 비행기가 더 싸다는 것이다. 미국에선 맘만 먹으면 누구나 소형 비행기 한 대를 가지고 이웃해 있는 다른 주들의 도시 등 근교 다른 지역으로 날아다니며 쇼핑, 여행 등을 할 수 있다.

점심을 마치고 푸른 잔디가 아름답게 깔린 뒤쪽 정원으로 나가 커피를 마시면서 소형 비행기들이 이, 착륙을 준비하는 모습을 보는 것도 또 하나의 새로운 즐거움이다. 아주 작아서 마치 예쁜 장난감 같은 귀여운 비행기는 대부분 2~4인용이 소형 비행기들이다. 짙은 초록의 넓은 잔디밭에서 맑고 푸른 하늘로 재미있는 엔진 소리를 내며 아주 가볍게 이륙하는 것을 지켜보면서 직접 자동차를 운전하는 것처럼 나도 직접 자유롭게 여기저기 날아다녀 볼 것이라는 새로운 작은 소망 하나를 가져 본다.

어린 학생들이나 청소년들도 방학을 이용해 여기 빈티지Vintage 비행기 조립 과정 및 비행하는 훈련 프로그램에 참여하면 강한 자신감도 기를 수 있고 더 원대한 꿈도 키울 수 있을 것 같다. 이런 평화스럽고 아름다운 시골에서 멋진 점심을 먹고 맘만 먹으면 하늘을 이용해서 직접 다른 주로 이동할 수 있는 자유로운 환경에 감사한다. 이런 자유는 그냥 우리에게 안겨지는 것이 아니다.

문득 잔디밭에서 기어가는 개미 떼를 본다. 오래전 우리 인류의 조상들은 저 개미처럼 열심히 노동하며 부지런히 걸어서 걷기도 하고 또 말을 타고 사냥을 하기도 하며 먼 길을 갈 때 이용하기도 했다. 더 편리함과 자유로움을 추구하면서 자동차, 기차 등 다른 탈것들로 이동하며 우리 조상들은 끊임없이 새로운 아이디어로 인간 본성의 꿈, 자유로움과 편리함을 더욱 추구하며 발전해 왔다.

몇 년 전부터 전기 자동차 회사의 테슬라의 엘런 머스크Tesla's CEO Elon Musk의 스페이스 엑스Space X에서 우주 여행을 예약받기 시작했다. 더 자유롭게 이동하고 여행하며 즐길 수 있는 꿈을 펼치려는 편리함과 자유에 대한 꿈의 확장은 끝이 없다. 공평과 평등보다 자유로의 선의의 경쟁인 자본주의의 자유로의 초대가 인간 본성에 더 가깝고 더 매력적인 것 같다.

권순희

경주 출생, 한국에서 교직 생활 중 미국 유학, 사우스캐롤라이나 주립대학 철학박사, 현재 조지아주 애틀랜타에서 매크로교육연구소Macro Education Institute 대표, 교육전문가, 강사, 컨설턴트, 작가, 칼럼니스트, 번역가, 수필집『세상을 바꾸는 밥상머리 교육』등 다수.

clarak7@daum.net

나무에게 배우기로 했다

권재중

　한창 무르익은 봄의 정취를 맛보려고 아내와 함께 3박 4일 일정 (2022. 4. 24~27.)으로 속초를 찾았다. 둘째 처남 내외가 동반해 주어 마음이 한결 든든했다. 교통편은 개통한 지 4년이 지나도록 타 보지 못한 서울과 강릉 간 KTX를 이용하기로 하고 강릉, 주문진, 양양, 속초 등 현지 교통은 강릉에서 승용차 한 대를 빌렸다.

　오랜만에 찾은 속초는 세월의 흐름 속에 이제 그 면모를 일신하고 있었다. 호텔, 콘도미니엄, 펜션 등 숙박 시설은 물론 고속버스터미널, 버스터미널, 항만 등 교통 시설, 국립산악박물관, 속초시립박물관, 설악산자생식물원 등 문화 시설, 서울특별시공무원수련원, 한국도로공사연수원, 한국전력공사연수원 등 연수 시설, 고즈넉하던 청초호와 영랑호의 호반 관광 시설 등 도시 전체가 관광인프라로 넘쳐 새롭고 낯설었다. 시 외곽에 있던 실향민의 거주지역인 '아바이마을'이 지금은 시내 중심가로 변해 있는 것이 그 증거가 된다.

설악동에 들어가 권금성에 오르고 비선대까지 걷기도 하고, 속초 시내를 누비느라 시간 가는 줄 모르게 2박 3일을 보내고, 4일째 되던 날 아침에 일어나 보니 숙소 창문을 통해 빤히 올려다보이던 울산바위와 그 아래 푸르게 보이던 나무숲이 온통 뿌옇다. 무르익은 봄기운에 밤사이 송화松花가 날리고 있음을 금방 알아차렸다. 예매해 놓은 강릉발 서울행 KTX를 타기 위해 서둘러 아침을 먹고 승용차를 몰았다. 차를 반환해야 할 강릉역에 도착한 시간이 정오正午. KTX 출발까지는 아직도 세 시간이 남았다. 그 시간을 어떻게 보낼까? 경포대로 갈까? 아니면 선물을 사러 시장으로 갈까? 설왕설래하다가 『강릉관광안내』란 인쇄물을 챙겨 보던 아내가 제의한 "강릉솔향수목원에 가자."는 데 의견이 일치되었다.

강릉시 구정면 구정리 칠성산 자락에 자리 잡은 '강릉솔향수목원'은 왕복 시간에 무리하지 않고 또 매력도 있어 보였기 때문이었다. 강릉시에서 발간한 『강릉관광안내』에 의하면 다음과 같이 기록되어 있다.

'약 24만 평의 부지에 다양한 테마를 가지고 있는 수목원이다. 입구에서부터 꽃향기와 솔 향기, 시원한 물줄기 소리를 느낄 수 있으며, 생강나무와 때죽나무가 군락을 이루고 있는 '숲생태 관광로', '천년 숨결 치유의 길', '금강소나무를 품고 있는 솔숲광장', '다양한 야생화를 주제로 한 전시원'을 갖추고 있다.'

수목원 입구인 구정리에 승용차가 들어서자 우선 눈길을 끄는 것이 건너편 산등성이에 불그죽죽한 낙락장송 금강소나무가 울창했다. 공원 정문 앞에 주차한 뒤 매표구에 가니까 "입장료가 없습니다." 하고 안내했다. 그런 데도 아내가 "오후 3시 KTX 시간이 촉박해서 그러니 해설자가 있으면 안내를 받고 싶다."고 하자 "해설은 오후 1시부터 예정되어 있습니다. 하지만 '시간이 없다.' 하시니 안내해 드리겠습니다."라며 해설자가 선뜻 나섰다.

잘 정비된 길을 따라 영산홍, 철쭉꽃 등 여러 가지 나무와 꽃을 심어 놓은 '철쭉원·사계四季정원'에 들어섰다. 길 왼쪽엔 시멘트로 된 도랑이 있고, 그 아래 계곡은 방문자가 항상 맑은 물이 흐르는 모습과 소리를 관상觀賞할 수 있도록 돌을 정리해 놓았다. 전시된 대표적인 나무 아래엔 '나무의 과科, 이름, 학명, 개화 시기'를 밝힌 '표찰標札'을 꽂아 누구나 쉽게 알 수 있게 해 놓았다. 앞으로 더 나아가 '배롱나무 쉼터'에 이르자 앞서가던 해설자가 멋지게 자란 큼직한 배롱나무에 다가가면서 "이 나무 아시지요?" 하더니 미쳐 대답할 사이도 없이 나뭇가지를 손가락으로 살살 긁어 주자 나뭇잎이 마구 떨렸다. "그래서 이 배롱나무를 '간지럼 나무'라고도 합니다." 7월에서 9월까지 붉은 꽃이 연달아 피는 통에 '백일홍百日紅' 또는 '자미화紫微花'라고도 하는 이 나뭇가지를 만지면 간지럼을 탄다는 것은 이미 나도 듣고 있었지만 그 실상實相을 보기는 처음이었다.

더 올라가 나무다리를 건너 '솔숲 잔디 광장'에 들어섰다. 파란 잔디밭 주변에 큰 소나무 여러 그루가 여기저기 흩어져 있다. 철갑을 두른 듯 밑둥치를 드러낸 곁에 어린 소나무가 마치 어미 닭과

병아리처럼 서 있고, 송화 가루가 바람에 치솟아 날리고 있었다. 해설자는 "송화 가루가 날려 윗가지에 붙어야 솔방울이 맺힌다."는 사실을 애써 강조하면서 우리의 관심을 이끌었다.

그동안 나는 송화가 날리면 물로 세차洗車할 생각만 했지, 소나무는 송화 가루가 바람을 타고 풍매風媒 번식繁殖한다는 사실과 우리 조상들이 그 가루를 모아서 다식茶食의 원료로 쓰고 있었다는 사실을 간과한 채 살아 온 나의 아둔함에 새삼 부끄러움을 느꼈다. 마침 거기에 휴식용 긴 의자가 있어 잠시 앉았다. 해설자는 이름이 '김정자'라고 자기 소개를 하면서 자작시 「동행同行」을 낭송했다.

'소나무는 안다. 함께 가는 길을 안다./등 굽은 나무는 등 굽은 데로/올곧은 나무는 올곧은 데로/하늘길 보이는 곳에 더불어 간다//때로 흔들어 주는 바람에 제 그늘을/쓸어 내며 함께 가는 길을 안다//'
　　　　　−한국대표시인선 [98], 『그 여자의 잠』, 김정자 시집, p.14 −

이 멋진 시에 황홀감을 느낀 아내가 "이 할아버지는 수필가."라며 나를 소개해 주는 바람에 문우文友로서의 친밀감을 느끼며 이런저런 이야기를 나누었다. 다시 일어나 온갖 나무가 뒤섞여 있는 '숲 생태 관찰로'를 걸으며 해설자는 눈에 띄는 대로 나무의 특성을 설명해 주었다.

먼저 때죽나무. "때죽나뭇과에 속하는 낙엽 활엽 교목으로 산기슭이나 산허리의 양지에서 자란다. 늦봄에 흰 꽃이 늘어져 땅을 향해 피는데 열매는 둥글고 독이 있다. 씨는 기름을 짜고, 목재는 기구 제작에 쓰인다." 다음엔 생강나무. "산수유와 비슷한 이 나무는 작은 낙엽 활엽 교목으로 향기 좋은 황색 꽃을 피워 생화生花로 많이 쓰인다. 초가을에 맺히는 둥근 열매는 기름을 짠다,"고 했다.

다음엔 떡갈나무. "떡갈나무는 참나뭇과의 낙엽 활엽 교목으로 해변 지대나 산허리 이하 지대에서 잘 자란다. 잎은 마른 뒤에도 겨우내 가지에 붙어 있다가 새싹이 나올 때 떨어진다. 가을에 도토리가 열리기 때문에 '도토리나무'라고도 한다. 목재는 단단해서 쓰이는 곳이 많다."고 하면서, "떡을 찔 때 푸른 잎을 그 밑에 받쳐 찌면 떡이 쉬 상하지 않는다."는 말을 덧붙이기도 했다.

몇 걸음 더 나아가자 어린 사시나무 한 그루가 보였다. 스치는 실바람에 줄기와 가지는 말짱한데 나뭇잎만 유난스레 하늘거린다. 두려움에 몸을 몹시 떠는 모양을 두고 '사시나무 떨듯 한다.'는 말이 문득 떠올라 슬그머니 미소를 지었다. 뒤미처 오던 해설자 또한 사시나무를 가리키며, "백양白楊이라고도 하는 이 나무는 봄에 꽃이 잎보다 먼저 피고, 목질이 연하고 가벼워서 상자나 성냥개비 등 일용품과 제지용으로 쓰인다."고 했다.

이 밖에 가구재와 한약재로 쓰는 물푸레나무와 '살아 천년, 죽어 천년 산다.'는 주목朱木과 물무궁화 등 나무와 화초를 설명해 주었다. 내친김에 '천년 숨결 치유의 길'도 섭렵하고 싶었다. 하지만 시간이 촉박해서 엄두를 내지 못했다.

집으로 돌아오는 열차 안에서 나는 이런저런 생각에 잠겼다. 수목원에서 돌아본 나무와 화초는 각기 다른 특성을 가지고 그 구실을 다하려고 곧이곧대로 무성하게 자라고 있다는 사실에 감회가 새로웠다. 이러한 나무의 정직성을 우리가 본받는다면 얼마나 좋을까? 사람이 사람답게 사는 일에 오로지 힘을 쏟고, 특히 날만 새면 거짓말을 일삼는 사람들이 스스로 잘못을 깨닫고 개과천선하는 계기가 되지 않을까?

나무의 용도用途는 실로 다양하다. 어떤 나무는 목재로, 어떤 나무는 가구로, 어떤 나무는 약재로, 어떤 나무는 식용으로, 또 어떤 나무는 관상용觀賞用으로, 어떤 나무는 연료로 쓰이면서 인간의 삶을 더욱 편리하고 아름답고 풍요롭게 해 준다.

나무는 한곳에 박혀 장소를 옮기지도 못하고, 서로 말을 교환할 수도 없지만 끼리끼리 서로 공감을 통해 소통한다는 말을 들은 적이 있다. 도끼와 톱을 지닌 벌목꾼이 숲속에 들어서면 나무들이 바짝 긴장한다는 것, 전지剪枝 가위를 자주 쓰는 꽃꽂이 전문가의 집에 있는 화초나 관상수는 주눅이 들어 시들시들해진다는 것. 반면, 숲속에서 떼를 이루고 있는 나무는 외따로 자라는 나무보다 훨씬 올곧고 활기차게 자란다는 것을 그 예로 들고 있다.

인간과 나무의 교호 작용은 우리의 상상을 초월한다. 피터 톰킨스가 그의 저서 『식물의 정신세계』에서 밝혔듯이 "녹색 식물이 이 세상에 없다면 우리는 숨을 쉬지도 못하고 먹지도 못할 것이다. 식물 잎사귀 이면裏面에 있는 약 100만 개의 기공氣孔을 통해 이산화탄소를 들이마시고 산소를 내뿜기 때문이다."라고 했다. 또 편백, 잣나무, 소나무 등 주로 침엽수에서 방산放散되는 피톤치드phytoncide는 주위의 미생물을 죽이는 작용을 함으로써 인간의 건강을 증진해 주고 있다.

그러므로 지금과 같은 환경 오염으로 인한 사회적 위기에 대응하려면 나무를 심고, 가꾸고, 보호(가지치기와 산불 방지 등)하는 일에 더욱 힘써 자연적 위기가 오지 않도록 하는 탄소중립화정책이 긴요하다고 생각한다.

나무에 일가견이 있는 아내 덕분에 나는 그동안 나무를 제법 안다고 자만自慢해 왔다. 하지만 이번에 '강릉솔향수목원'을 돌아보면서 이제껏 나무만 보았지, 나무를 제대로 알지 못한 자신을 반성하며 깊은 자괴감을 느끼게 되었다. 내 나이 내년이면 아흔이 되지만 이런 수목원이나 자연휴양림을 자주 찾아 나무를 더 배워야겠다는 결심을 하고 나니 불현듯 문정희 시인의 「나무학교」란 시가 생각난다.

'나무에게 배우기로 했다/해마다 어김없이 늘어가는 나이/너무 쉬운 더하기는 그만두고/나무처럼 속에다 새기기로 했다/늘 푸른 나무 사이를 걷다가/문득 가지 하나가 어깨를 건드릴 때/가을이 슬쩍 노란 손을 얹어 놓을 때/사랑한다!는 그의 목소리가 심장에 꽂힐 때/오래전 사원 뒤뜰에서 웃어요! 하며/숲을 배경으로 순간을 새기고 있을 때/나무는 나이를 겉으로 내색하지 않고도 어른이며/아직 어려도 그대로 푸른 희망/나이에 관한 한 나무에게 배우기로 했다/그냥 속에다 새기기로 했다/무엇보다 내년에 더욱 울창해지기로 했다.//'

권재중

2012년 한국문인협회 수필분과 회원. 2015년 한국문인협회 상벌제도위원. 2019년 한국문협진흥재단 설립위원. 수필집 『교육의 발견-나의 자전적 수상록』, 『한 닢 낙엽에 담긴 사연』, 『하루뿐인 오늘』이 있다. 2020년 제13회 한국문학백년상(수필) 수상.

j2kwon34@nate.com

엄마의 월계관

榴亭 권종숙

옥빛 하늘 아래 바람결도 잠든 5월의 어버이날이다. 오늘 우리 육 남매가 홀로 계신 엄마를 뵈러 왔다. 한 그루터기에서 딸, 딸, 아들, 아들, 딸, 딸의 순서로 태어나 육방으로 뻗어져 살아온 여섯 가지가 뿌리를 찾아왔다.

엄마는 지난해 초겨울, 고향 마을 선산 끝자락의 풍수 좋은 터에 정남향 집을 선물받아 이사하셨다. 봉분*에 가로줄 무늬로 장식된 뗏장이 봄 햇살 아래서 초록의 이파리들을 분주히 피워 내고 있었다. 표주박을 엎어 놓은 듯한 엄마의 영혼의 집, 시린 가슴으로 절 올리는 내 눈앞에 엄마의 환영이 보인다. 새집 대청에 홀로 앉아, 신토불이 금잔디 월계관을 고이 쓰고 웃고 계신 우리 엄마.

"… 숙이 아부지요, 어마님* 말씀대로 내년에는 꼭 새장가 가이소."

이 말 한마디가 내 생애의 최초 기억이다. 네 살 되던 해 어느 이른 봄날 한밤중, 나의 뇌리에 녹음된 어메*의 서러운 목소리가 담긴 오디오. 아부지와 어메가 다투는 소리에 잠들었던 철부지 딸도 어렴풋이 깼나 보다. 나는 놀라서 울지도 못하고 팔베개한 어메의 품속으로 파고들어 자는 척하고 있었다.

"시끄럽소! 배울 만큼 배운 사람이 아들 없다고 어찌 새장가를…, 창피하게. 다시는 내 앞에서 그런 소리 하지 마시오!"

아부지의 대답에 어메는 나를 힘껏 끌어안고 솜이불이 들썩이도록 흐느꼈다.

다음 날 아침, 나는 어메를 찾았다. 부엌에서 아침밥을 준비하던 어메의 뒷모습을 발견하고도 쉬이 부르지 못했다. 어린 마음에도 어메가 어젯밤처럼 혼자 울고 있으면 어쩌나 하고 걱정스러웠나 보다. 아침상을 물리고 안방에 계시던 할메가 어메를 불렀다. 나도 어메의 치마꼬리를 꼭 잡고 따라 들어갔다. 여덟 살 먹은 언니는 할메 엉치에 바짝 붙어 앉아 어리둥절해했다.

"어젯밤에 왜 그리 시끄러웠노? 혹여 사랑채에 들릴까 내 맘이 어찌나 조마조마하던지…."

"어마님요, 올 한 해 제가 온갖 공을 들여 봐도 안 되면…, 내년엔 숙이 아부지 새장가 들여도 좋습니다. 어젯밤에도 지가 이런 얘기하니까, 그 사람이 버럭 화를 내서 좀 시끄러웠니더."

그날 이후, 소쩍새 울고 불던 봄이 다 가고 여름에 태기가 있어 이듬해 봄에 어메는 애타게 기다리던 아들을 낳았다. '안동 권'가인 우리 집안 대를 이어갈 할배의 장손, 아부지의 장남인 내 남동생이 '의성 김씨'인 어메의 몸에서 태어났다. 조상님께 체면치레를 하시게 된 할배가 외며느리에게 신신당부하셨다. 이번에는 매사 조심하고 삼가며 장손을 튼튼히 키워 달라고. 언니 위에 얻은 첫 손자를 두 살 때 병으로 잃고 나서 가슴앓이를 몹시 하신 할배의 염려가 크셨을 것이다.

작고 약하게 태어난 맏아들을 정성 들여 세 살까지 키워 내고 나서 어메가 한숨을 돌릴 때쯤에 반가운 둘째 아들이 태어났다. 그 밑으로 딸 둘을 더 낳아 보태니 대 잇기가 위태롭던 집안에 훈풍이 돌더란다. 어메는 그제야 소박당하지 않고 시집 귀신이 될 자격을 얻게 되어 안심이 되더라 하셨다.

아부지가 서울서 오래 공부할 동안에는 늘 독수공방이요, 공무원으로 재직할 시기는 중앙선 열차 타고 서울과 안동을 분주히 오르내리며 양쪽 살림하느라 심신이 고달팠던 어메. 우리 육 남매를 시부모님과 나눠 키우면서도 맏아들만은 늘 어메 품에 넣고 다니며 귀히 대접했었다고 팔순 넘어서야 고백하셨다. 아부지가 낙향하여 집안 큰살림을 맡은 후에 중풍으로 삼 년 반을 앓으시던 할배가 별세하셨다. 그제야 어메도 친정이 아닌 시댁이 내 집이란 생각이 들더란다.

커 가면서 차차 건강해지고 타향에서 학교 졸업하고 군대 마친 맏아들이 공기업에 취직되고 나서야, 늘 팔딱이던 어메의 심장도 안정되더란다. 맏아들 장가보내던 날, 당신의 며느리에게는 몸과 마음 고달픈 시집살이는 절대 안 시키겠다고 주변에 공표하셨다. 그 다짐은 귀한 맏아들을 편히 살게 하고 대 이을 손자를 빨리 얻을 요량으로 영민하신 어메가 짜낸 계책이었을 게다.

어메의 실천력은 대단했다. 애초부터 회사 사택으로 분가시킨 맏아들 내외가 집에 오는 날이면 며느리 늦잠 재워 두고 아침상을 차려 놓고 깨웠다. 집성촌이라 친인척들이 맏며느리 시샘하고 흉 볼까 염려되어 겹겹이 방패막을 둘러치고 외줄기 사랑을 퍼부었 다. 지나친 편애라고 불평하는 딸들에게는 "열 손가락 깨물어 안 아픈 손가락 있나 봐라."며 속보이게 우기셨다. 그 후 맏아들이 첫 딸 낳고 5년을 공들여 아들 하나를 얻으니. 이제는 죽어도 여한이 없고 이 세상에서 더 이상 부러울 게 없다 하셨던 우리 친정 어메.

그런 어메도 생애 마지막 2년쯤은 맏아들 내외를 몹시 힘들게 했 다. 건강을 자신하던 부모님이 구순 문턱까지 고향집을 편히 지키 시다가 어메의 심장에 이상이 생겼다. 자식들에게 신세 지기 무척 싫어하던 어메였지만, 시술 후에 몸이 쇠약해지니 마음도 따라 약 해졌는지 맏아들 내외와 함께 살고자 하셨다. 마침 큰동생이 퇴직 후 재취업하여 우리 아파트 옆 동으로 이사와 살게 되어서 나도 자 주 드나들며 여러모로 간병을 도왔다. 그 시기에 큰 올케와 내가 요양보호사 자격증을 딴 것이 어메의 건강 상태 체크와 간병에 크 게 도움이 되었다.

차차 가벼운 치매가 오고 한밤중에 섬망 증세로 시끄러운 소리를 내니 한방을 쓰던 아부지가 힘들어하셨다. 의사 처방의 약 때문인 지 얼마 후엔 의식이 흐려지고 음식 삼키는 기능마저 잃고 말았다. 정신 맑을 때마다 자식들에게 애원에 가까운 부탁을 하셨다. 병원 입원도 싫고 요양원 같은 데는 더욱 가기 싫으니 맏아들네 집에서 그냥 이대로 살다 가게 해 달라고…. 방 안에 설치된 병상에 오래 누웠으니 차차 근육이 빠지고 뼈만 남아 숨만 겨우 쉬셨다. 남동생은 시간 내서 통원 치료를 위해 모시고 가고 집 안 구석구석 청소를 담당했다. 올케가 튜브에 유동식을 담아 먹여 드리고 앙상한 뼈가 부러질까 조심하며 목욕을 시켜 드렸다. 맏아들 내외는 수십 년 족히 받은 내리사랑을 치사랑으로 갚으려는 듯, 어메의 허물어져 가는 육신과 정신을 안타까이 지켜보며 성심성의껏 간병했다.

어메가 별세하신 후 올케가 아파트 노인회 추천으로 경기도 전체 노인회의 효부상을 받았다. 안동에 계신 올케 친정 오빠들은 '네가 시댁에 한 게 뭐 있다고 그런 큰상을 받느냐?'라는 겸허한 말씀을 올케에게 전하시면서, 막내 여동생의 수상을 기특히 여겨 엄청 큰 꽃바구니를 보내 왔다. 우리 형제들도 진정으로 축하하며 고마운 마음을 듬뿍 전했다. 미루어 짐작컨대 당신의 뒤를 이은 귀한 맏며느리에게 효부상까지 안겨 주고 떠나고 싶은 욕심으로 말년에 병치레 몇 년 하셨을 게다.

엄마의 산소를 세세히 보살핀 후, 여섯이 둘러앉아 한 식구로 살던 어린 시절을 반추하며 저마다 슬픈 가슴을 달랜다. 엄마의 흙투성이 무덤에는 초록빛 새싹들이 앞다투어 피어나고 있다. 귀한 후손을 반기는 듯 조상님들의 산소를 휘돌아 내려온 따사한 봄바람이 엄마의 새 집을 조용히 어루만진다. 다시 뵐 날을 기약하며 일어서려는 내 눈앞에, 아쉬움에 눈시울 붉히는 엄마의 환영이 다시 나타난다. 클 때부터 궁금증을 참지 못하던 둘째 딸이 엄마께 여쭙는다.

'엄마, 축하해요! 평생의 소원대로 시댁 선산에 뼈를 묻게 되신

걸요. 우리 조상님께서 상으로 내려 주신 금잔디 월계관을 쓰고 계시니 행복하세요?'

말없는 나의 물음에 엄마도 빙긋이 웃으며 말없이 고개만 끄덕이신다.

하루 종일 은혜롭던 봄 햇살이 슬그머니 서산으로 기운다. 우리육 남매도 엄마와 헤어져 산기슭을 천천히 걸어 내려온다.

* 봉분: 산소(무덤)에서 흙을 둥글게 쌓아 올린 부분.
* 어마님: 경북 북부지역에서 쓰던 '시어머님'의 사투리.
* 어메: 어머니의 사투리, 우리 형제들이 자랄 때는 엄마를 어메라 불렀다.

榴亭 권종숙

『수필과비평』에 수필 및 『한맥문학』에 시 등단, 한국문인협회, 수필과비평문학회, 한맥문학회, 수향회, 오우회, 태사문학회 회원, 서울미술시화예술협회, 세계문화예술연합회 회원, CEN 기자.

uj945@naver.com

풍수지탄風樹之嘆*

권 철

  소한小寒, 대한大寒을 지나면 얼어 죽을 내 아들이 없다시던 아버님 말씀, 이제 내일이면 대한大寒입니다. 아버님 생각을 합니다. 아버님 얼마나 추우시겠어요? 경북 예천군 수월리 수동 독주산 밑에 계시는 아버님 얼마나 추우십니까?

  생전에 텁털웃음 지우시던 아버님 이제 딸자식을 키워 보니 아버님 생각이 납니다. 평소에 하셨던 말씀이나 행동들, 모습을 모두 마음속에 되새겨 봅니다. 아버님께서 이야기하셨던 '풍수지탄風樹之嘆'이란 고사성어를 떠올립니다. 자식이 다 커서 부모를 모시려 하면 부모는 이미 이 세상에 없다 하신 말씀 그대로 진실이었습니다. 아버님 사랑합니다.

  아버님은 형님과 내게 기대가 크셨던 만큼 실망도 컸으리라 생각한다. 나는, 크면서 한때는 불효자였다고 생각한다. 자식은 다 불효자이지만 나는 다시는 아버님께 불효를 끼쳐 드리지 않으려고 노력을 해 왔다. 아버님은 이모님의 말씀에 의하면 망망대해의 등

대이시길 원했던 시인 지망생이기도 하셨다. 그러나 내가 시를 쓰는 시인이니까 아버님께서는 소원은 이루셨다고 생각한다.

지금의 부전시장 부전동 341-1번지가 내가 태어난 곳이다. 위로 몇 백 미터 안에 부전역이 있다. 나는 부전역에서 겨울방학에는 새벽에 기차를 타고 경북 안동까지 동해남부선 기차를 타고 올라가는 길에 동해의 일출을 창밖으로 바라보면서 과연 나는 무슨 생각을 하였을까?

그때의 나의 눈동자를 의식하며 반짝이는 동해의 물결과 일출을 바라보면서 신세계의 꿈을 꾸었다. 안동역에 내려서 설레는 마음으로 점심을 먹는다. 그리고 직행버스 주차장까지 걸어가서 예천으로 가는 직행버스를 타기 위해 서성인다. 그때만 해도 아스팔트 길을 달린다는 것이 흥분이 되었다. 예천 터미널에서 지보면에 오면 하루해가 지고 수월리 수동에 오면 밤중이었다. 아버님의 고향은 그런 곳이었다.

할머님과 할아버님께 유달리 사랑을 받은 나는, 공부를 잘했고 똑똑하다고 주위에 소문이 자자했었다. 할머님께서 마지막으로 예천 권병원에 입원을 하셨을 때도 시골에 갔었다. 유리창 안에 퉁퉁 얼굴이 부우신 할머님을 뵈 온 게 마지막으로, 할머님과 나의 마지막 대면이었다. 그로부터 두 달이 채 안되어 할아버님도 세상을 뜨셨다.

할아버지는 생전에 부산으로 오시면 시장가에서 공짜로 엿을 맛보시기도 하고, 나에게 이종사촌 형님께 가서 "편지 쓰는 법을 배워 오라." 하셔서 배워 오니, 다음 날 학교에서 편지 쓰기 점수를 백점을 받았던 기억이 난다.

추운 겨울 야밤에 시골에서는 무서워서 화장실에 못 가는 나에게 으름장을 하시고는 주위의 망을 봐 주셨던 기억이 새롭다. 전형적인 농부이시고 양반 가문의 성씨를 가지고 계신 분이셨다. 키가 크시고 손바닥으로 뜨거운 밥뚜껑을 한 손으로 집어서 식사를 하시는 분이셨다.

아버님은 형님과 내게 기대가 크셨던 만큼 실망도 컸으리라 생각한다. 나는 크면서 한때는 불효자였다고 생각한다. 자식은 다 불효자이지만 나는 다시는 아버님께 불효를 끼쳐 드리지 않으려고 노력을 해 왔다.

아버님은 이모님의 말씀에 의하면 망망대해의 등대이시길 원했던 시인 지망생이기도 하셨다. 그러나 내가 시를 쓰는 시인이니까 아버님께서는 소원은 이루셨다고 생각한다.

나는 성격이 어릴 때부터 급하고 공격적이었다. 시골에 가서 긴 나무 껍질을 낫으로 깍아서 노루를 잡는다고 휘두르고 찌르기를 하며 설치다가 형님의 꾸중을 듣고 울먹거리며 닭개장과 계란반숙과 속쇄무침, 무우말랭이도 못 먹고 부산으로 오던 생각이 난다.

그때 아침도 못 먹고 부산으로 가던 나에게 이웃 친척 아주머니가 잘 익은 홍시를 우는 나에게 주었는데 나는 차를 타고 오다가 모르고 호주머니에 넣어 짓무르게 했던 아쉬운 기억이 난다.

나의 이름은 선조先祖이신 권행權幸 할아버지의 36대손 권철權哲이다. 권행權幸 할아버님은 고려의 태조 왕건의 스승님이시다. 지금 안동의 삼태사의 한 분이시다. 차남으로 태어나셨고 형님은 이조 말엽의 세도가 집안인 안동 김씨金氏이고, 막내는 안동 장씨張氏이기도 하다. 안동安東 권씨權氏는 학문과 무예에 뛰어나 '능 병기 달권能 炳幾達權'이라 하여 고려 태조 왕건이 붙여 준 성씨이기 이전에 신라 김알지의 28대손 왕손이었다.

경순왕의 신라가 멸망하자 경북 안동 황산벌전투에서 견훤을 포획하여 목을 벤 사람이 우리의 시조이신 권행 할아버지이시다. 이조 시대에는 안동권씨는 세 가지 자랑이 있다. 그중에 첫 번째는 족보를 처음으로 만들었고, 두 번째로 영의정을 36명이나 지냈으며, 세 번째는 9명의 임금의 사위(군君이라 함.)가 있었다.

나는 가문과 혈통이 뛰어난 가문의 소산으로 태어난 양반가의 자제이다. 어릴 적부터 토끼나 노루를 잡으려고 산길을 오르던 과거의 일들이 생각나고 항상 경북 예천 수월리 수동을 사랑하는 사람이기도 하다.

서울 청량리에서 출발하여 부산역으로 달려오는 기차를 타고 집으로 가려면 입석이라도 차표를 끊어야만 했다. 앉을 곳이 없어 서서 오다가 돈을 주고 좌석표로 바꿔서 경북 영천에 오면 사람들이 많이 내려서 빈 좌석을 찾아서 앉아서 온다.

잠을 자면 부산역에 도착하니까 끝까지 잠을 안 자고 부전역에 내려야 했다. 그때까지 나와 동생과 형님은 목이 말라도 참고 경북 영천까지 오면, 아버님은 목이 마른 우리들에게 음료수를 사 주셨다. 밤중에 나는 기차를 타는 묘한 밤의 정취를 느꼈다.

경주 등 곳곳에서 기차는 연착을 하고 밤 10시 경에야 나는 부전역에 마침내 도착한다. 자정이 되어서야 집에 도착하면 그때까지

맛있는 밥과 반찬을 해 놓으시고 반갑게 기다리던 어머님의 정취를 새삼 느낀다.

* 풍수지탄風樹之嘆: '나무가 고요하고자 하나 바람이 그치지 않는다.'는 뜻.

권 철

1996년 『문학세계』 시, 2012년 『청옥문학』 수필 등단, 한국문인협회 회원, 부산문인협회 회원, 부산 영호남문인협회 부회장, 부산 불교문인협회 이사, 계간 현대작가 정회원, 늘창문학회 회원, 실상문학 작가상 수상.
ne7653@hanmail.net

동시

낙서 아니야 외 2편

권희표

겨울 풍경
그리는데

유치원생
내 동생

도화지 가득히
줄들을 그었어요.

"왜 그리
낙서를 하니"

"낙서 아니야.
쌩쌩 바람이야."

왜 그럴까요?

엄마가
자주 나무라도 괜찮은데

아빠가
아주 어쩌다
나무라도 눈물이 나요

엄마가
사 주고 해 주시면
그냥 좋은데

아빠가
사 주고 해 주시면
더 좋아요

엄마가 서운해할까 봐.
아빠 귀에 살짝 말해요.

오리 흉내

아기가 걸어오다
엉덩이를 빼어 든다.

입으로는
꽥꽥꽥
뒤뚱뒤뚱
오리걸음

얼굴은
칭찬을 바라느라
웃음 가득
머금었다.

하하하 할아버지
박수 치는 할머니
추임새 넣는 엄마

오리걸음
뒤뚱뒤뚱

온 방 안 살가운 공기
흥이 나서 시끌벅적

권희표

『문예사조』시. 동시 부문 신인상, 대한민국장애인문학상 우수
상(동화), 광주 · 전남아동문학인상. 순리문학상 수상, 시집『농
부의 사랑』, 시조집『아름다운 기다림』, 동시집『아빠 닮았대
요』외 5권, 한국문인협회, 전남문인협회 회원, 광주 · 전남문학
인회 이사, 한국아동청소년문학협회 상임위원, 한국아동문학회
기획심의위원, 한국동시문학회 회원.

dolsil2002@naver.com

동시조

파랗게 멍든 감자 외 2편

青波 권순갑

땅속에서 자란 감자 하얗고 예쁜 감자
땅 밖으로 내민 감자 파랗게 멍든 감자
감자야 잘못한 거 있니 엄마 말 안 들었구나.

세상 밖 궁금해서 빼꼼이 쳐다봤니
못 볼 걸 보았구나 하늘에서 벌 주셨어.
선생님 속 썩인 학생 이게 바로 너로구나.

예쁘게 둥글둥글 부푼 꿈 안았구나.
하얗게 익은 감자 아기 볼 닮았어요.
분 나고 폭신거려서 너무 맛나 신났어요.

나만의 비밀 공간

옥상에 올라가서 노래하고 물도 주고
덩달아 으쓱으쓱 반가워서 흔들흔들
춤추고 노래하는 곳 나만 아는 비밀 공간

무슨 일이 생겼는지 나만의 비밀인데
텃밭에 식물들은 내 얘기를 하는지
다 함께 놀아 주니까 친구인 줄 아나 봐요.

나만 보면 좋아하는 살가운 친구들은
잡초를 뽑아 줘서 고맙다고 살랑살랑
토마토 상추와 고추. 나만 아는 친구들

이 땅의 원주민

눈동자 동그랗고 얼굴은 순한 동물
겁먹은 두려움에 애처로이 도망가요
얼마나 배가 고프면 어린 싹을 먹었을까?

오솔길 가는 길목 마주친 새끼 고라니
놀라서 눈만 깜박 측은하고 불쌍한데
농작물 망가트려서 야속하고 미운데

아버지 하시는 말씀 아무리 속상해도
절반은 짐승 먹고 절반은 가족이 먹자
이 땅의 원주민들은 야생 동물이라네요.

靑波 권순갑

충북 음성 출생.『문예한국』시,『문학저널』시조,『한국아동문학』동시 등단, 예총예술문화상, 충북문학상, 충북시조시인상 수상, 한국문인협회인성교육개발위원 26~27대(현), 한국아동문학회 이사(현), 시집『나무로 살고 꽃으로 피어』,『산모롱이 저 편』, 시조집『몽울』,『꽃들의 불륜』,『흐를수록 깊어지는 강물』, 동시집『그림자는 내 짝꿍』.

soon9233@hanmail.net

동화

어리석은 파도

권영호(의성)

　아무리 둘러봐도 끝이 없는 바다, 그 한복판에 아주 작은 바위섬 하나가 있었다. 까마득한 옛날, 바다가 처음 생겼던 날부터 줄곧 이곳에서 외롭게 혼자 지내 온 바위섬이었다.

　살포시 내려앉은 은빛 햇살에 금방 얼굴을 씻은 듯한 파도가 그 바위섬 주위에서 노닥거렸다. 아주 작게 찰싹대는 바위섬 파도는 순하디순한 시골 아이 같았다. 가끔 무서운 태풍이 몰아쳐 올 때면 바위섬은 바위섬 파도의 안전한 은신처가 되어 주었다. 바위섬은 언제나 아늑하고 포근한 엄마의 품속과 같았다.

　이른 새벽, 온통 바다를 뒤덮고 있는 새까만 어둠을 깨우며 달려 온 통통배들도 진종일 그 바위섬 주위를 맴돌았다.

　"끼륵 끼륵 끼르륵."

　통통배 머리에서 햇살을 받아 번득이는 고기를 잡아 올리느라 신바람을 내는 어부들의 머리 위로 날아온 갈매기들이 멋진 춤을 추었다.

　순한 바위섬 파도, 통통배, 갈매기…, 바위섬 주위는 언제나 평화로운 한 폭의 그림이었다.

그 누구도 이 바위섬의 평화를 깨뜨리지 못할 것 같았다.

그런데 바로 며칠 전이었다.

먼바다에서 낯선 파도 한 떼가 이곳 바위섬을 향해 달려온 것이었다. 금방이라도 큰일을 저지를 듯 하늘 높이 치켜올린 파도 끝자락이 예사롭지 않았다. 아마도 먼바다에서 늘 그렇게 난폭하게 굴다가 아마도 힘센 파도들에게 쫓겨나 이곳으로 도망쳐 온 게 틀림없었다.

칼날처럼 뾰족하게 치켜세운 물꼬리를 커다랗게 말아 가면서 막무가내로 달려오는 그 파도를 바라보고 있던 바위섬 파도는 잔뜩 겁을 먹은 채 꼼짝하지 못했다. 갑자기 바위섬 주위에 무거운 긴장감이 감돌았다.

눈 깜짝할 사이에 달려온 낯선 파도는 맨 먼저 바위섬 주위에서 고기잡이를 하는 통통배들을 덮쳤다. 그 바람에 한쪽으로 기우뚱대던 통통배가 하마터면 뒤집힐 뻔했다. 통통배들은 고기잡이를 포기하고 서둘러 포구로 되돌아가 버렸다. 이튿날부터 한참 동안 통통배들은 아예 이곳에 발걸음을 딱 끊고 말았다.

낯선 파도의 횡포는 날이 갈수록 더욱 심해졌다. 검은 먹구름이 하늘을 가득 메웠던 바로 그날이었다. 마침 커다란 원양 어선 한 척이 바위섬 앞을 지나고 있었다.

"어, 저것 봐라. 겁도 없이!"

낯선 파도가 비아냥거리며 바위섬 파도를 쏘아보았다.

"이 멍청한 놈들아! 여태껏 너희들은 우리에게 허락도 받지 않고

제멋대로 이 앞을 쓱 지나가는 배를 그냥 보고만 있단 말이야?"

다짜고짜 언성을 높이는 낯선 파도에게 바위섬 파도는 말 한마디 못하고 고개를 푹 숙여 버렸다.

"야, 바위섬 파도! 얼른 이리 와서 우리랑 함께 팔짱을 끼자."

낯선 파도가 바위섬 파도에게 손을 내밀었다. 겁에 질린 바위섬 파도가 엉겁결에 낯선 파도의 손을 덥석 잡고 말았다.

"자. 가자! 쏴아 쏴아 쏴르르르 쏴아."

성난 상어 떼처럼 큰 배를 향해 달려가는 낯선 파도와 바위섬 파도는 한 덩이가 되었다.

"철썩! 철썩!"

파도들이 뱃전을 후려쳤다. 바위섬보다 더 큰 배였지만 뒤뚱거렸다. 원양 어선은 속력을 높여 부리나케 어디론가 달아나 버렸다.

"하하하. 도망치는 꼴 치고는."

낯선 파도가 멀리 사라져 가는 큰 배의 뒷모습을 보며 낄낄낄 웃어댔다.

괜히 겁에 질린 듯 바위섬 파도는 자꾸만 콩콩 방아를 찧어대는 속가슴을 달래느라 안간힘을 썼다. 그런데 생각해 보니 한편으로는 통쾌하기도 했다. 낯선 파도의 등쌀에 못 이겨 한 짓이었지만 어제, 통통배를 골려 준 일이며 이렇게 큰 배까지도 쩔쩔매게 했다니 아무리 생각해도 자신의 힘이 신기하기만 했다.

"기분이 어때? 통쾌하지 않니?"

낯선 파도가 으스대며 물었다.

"그래그래. 이렇게 신나는 일이 자주자주 있었음 좋겠어."

바위섬 파도가 낯선 파도의 비위를 맞추며 아양을 떨어댔다.

"그렇담. 우리 더 큰일, 같이 해 볼래?"

"그러지 뭐. 네가 시키는 일은 뭐든지 할게."

바위섬 파도가 낯선 파도 앞으로 바짝 다가섰다.

"저기 우뚝 서 있는 건방진 놈 말이야."

낯선 파도가 바위섬을 가리켰다. 바위섬 파도는 몸을 움칫했다.

"저건 우리가 무섭지도 않은 모양이야. 언제 봐도 거만스럽게 저렇게 버티고 있으니 말이다."

낯선 파도의 말에 바위섬 파도는 입을 꾹 다물었다.

"내 말에 무슨 대꾸라도 해야지. 그러면 내 기분이 썩 좋지 않거든…."

낯선 파도가 눈을 힐끗하며 바위섬 파도를 쏘아봤다.

"으응, 너 말이 맞아. 나도 그렇게 생각해."

바위섬 파도가 마음에 없는 말을 하느라 목소리가 파르르 떨렸다. 그런 바위섬 파도의 속마음을 아는 듯 낯선 파도가 계속 째려보았다.

"낯선 파도야. 그렇담 이참에 저 바위섬을 없애 버리는 게 어떨까."

바위섬 파도가 한 발 앞서 낯선 파도에게 말했다.

"멋진 놈! 바로 그거야."

낯선 파도가 바위섬 파도의 어깨를 툭 쳐 주었다.

"쇠뿔도 단김에 뺀다더라. 지금 당장 서두르자!"

낯선 파도는 조금에 그랬듯이 양팔을 쭉 뻗었다.

"얼른 내 팔을 안 잡고 뭣들 하니?"

"……."

"정말 너희들 구경꾼처럼 이럴 거야?"

앙칼진 재촉에 바위섬 파도는 또 어쩔 수 없이 낯선 파도의 손을 잡았다.

"가자! 쏴아 쏴아 쏴르르 쏴아."

파도는 바위섬을 향해 달렸다.

금방이라도 바위섬을 집어삼킬 기세였다.

"철썩, 철썩!"

낯선 파도를 도와 바위섬 파도들이 바위섬을 후려쳤다. 그러나 바위섬은 끄떡도 없었다.

"요것 봐라. 좋다 언제까지 견디나 두고 보자."

낯선 파도들은 눈에 쌍불을 켰다. 낯선 파도가 바다 안쪽으로 멀찌감치 물러가더니 와락 달려와 앞서 있는 바위섬 파도를 밀어붙였다. 파도들은 잠시도 쉬지 않고 바위섬을 후려쳤다. 인정사정없이 달려드는 파도에게 시달리던 바위섬 기슭의 잔돌이 와르르 물속으로 무너져 내렸다. 제 몸을 지탱해 준 작을 돌을 잃어버린 큰 바위들도 하나둘 맥없이 바다 깊숙한 곳으로 가라앉고 말았다. 바위섬에게는 이제 더 이상 버틸 힘이 없었다.

마지막까지 남아 있던 바위섬 꼭대기의 커다란 바윗덩이가 끝내 파도 속으로 사라져 버렸다.

오랜 세월 끝없이 펼쳐진 바다 한가운데 서서 비바람에 지친 파도들을 불러 모아 엄마처럼 다독거려 주었던 바위섬은 이제 영원히 물속으로 모습을 감추고 말았다.

"그럼 그렇지. 제까짓 게."

낯선 파도들이 사라져 가는 바위섬을 쳐다보며 껄껄껄 웃어댔다.

"아아. 피곤해."

바위섬 파도가 쓰러질 듯 눈을 감았다. 몸을 가누지 못했다.

"바위섬! 바위섬으로 돌아가야 하는데……."

바위섬 파도가 신음하며 두리번두리번 바위섬을 찾았다. 그러나 바위섬은 이미 그 자리에 없었다. 안간힘을 써 보았지만 바위섬 파도는 점점 정신을 잃어 갔다. 이제는 고요한 호수 속의 잔물결같이도 일렁거릴 힘이 없었다. 이 모든 게 낯선 파도 때문이라고는 하지만 오랜 세월 아낌없이 베풀어 준 바위섬의 은혜를 잠시 잊어버렸던 못난 자신을 알아차리지도 못한 채 바위섬 파도는 조금씩 파동의 생명을 잃어 갔다. 바위섬 파도는 이미 파도가 아니었다. 물결을 치지 못하고 가만히 있는 파도는 그저 짭짤한 바닷물일 뿐 그 누구도 파도라고 불러 주지 않기 때문이었다.

불현듯 먹구름을 앞세운 무서운 태풍이 몰려왔다. 그러자 어디론가 부리나케 도망을 가고 있는 낯선 파도를 어리석은 바위섬 파도는 멍하게 바라보고만 있었다. 무서움에 떨며 바위섬을 찾아온 갈매기들이 이리저리 어지럽게 날았다.

"끼르륵. 끼륵끼륵."

바위섬을 찾는 갈매기들의 울부짖음이었다.

아니다. 바위섬의 은혜를 모르는 어리석은 파도를 내려다보며 꾸짖는 소리였을 것이다.

권영호(의성)

아동문학가, 수필가, 제9회 기독교아동문학상에 동화『욱이와 피라미』당선(1980),『계간에세이문학』(봄호)에 수필『선착순 집합』천료(2009), 제17회 문학세계문학상 아동문학부문 대상 수상, 제6회 경북작가상 수상, 한국문인협회, 한국아동문학인 협회, 새바람아동문학회, 대구에세이문학회원, 의성문인협회 회장, 경북문인협회아동문학분과 위원장, 창작동화『날아간 못 난이』,『봄을 당기는 아이』,『바람개비』, 공저『세 그루』,『고향 에서 부르는 내 이름』.

uskyh@hanmail.net

단편소설

마지막 선물

권순악

　해마다 아카시아 꽃이 피면 생각나는 친구가 있다. 6월이면 뒷산에 아카시아 꽃이 가지가 휘도록 핀다. 주렁주렁 하얗게 핀 꽃을 바라보면 그 친구가 더욱 그리워진다. 친했던 친구라 마음 가누기가 힘들어진다. 친구는 초등학교와 중학교 동창생이다.

　사는 집의 거리가 멀어도 서로 번갈아 가며 집으로 놀러 가기도 하였다. 우리 집에서도 반겼고, 친구 집에서도 반겼다. 어머니께서는 있는 반찬, 없는 반찬 마련하여 밥을 새로 지어서 주셨다. 많이 먹고 놀다 가라며 상머리에 앉으셔서 자상하게 반겨 주셨다.

　중학교를 졸업하고는 친구가 입학하기 힘들었던 공주사범학교로 진학하고 나서 서로 길이 달랐다. 그래도 방학 때가 되면 반갑게 만나서 진로도 상의하고 인생을 말하기도 하였다. 졸업 후 친구는 고향에서 교편을 잡고 나는 고향을 떠나 서울로 대학에 진학하였다. 그 후 그렇게 헤어져 생활하게 되었다. 잊었다가 만났다가 하면서 세월이 흘러갔다.

　나이 들어서 동창회 때 만나면 둘만의 이야기가 길었다. 친구는 정년 후에 양봉을 시작하였다고 한다. 꿀은 부자간에도 속인다는 것이다. 나에게는 진짜 꿀을 일 년에 한 병씩 줄 테니 다른 곳에서 사지 말라고 당부를 하였다. 진짜 꿀을 주겠다는 것이다. 장사 속이 아니라는 진심을 알았다. 나는 속으로 꿀 값을 어떻게 계산해야 하는가를 생각하였다. 시세대로 계산을 해야 하는가, 아니면 믿고 사는 것이니 시세보다 비싸게 계산해야 하는가. 그런데 그 친구가 재빠르게 답을 주었다.

"내 우정이다. 꿀 값은 안 받는다."

친구는 내 마음을 알고 있었다.

"그러면 내 마음이 편치 않다."

돈을 앞세우는 내가 부끄러웠다.

"그냥 주고 싶은 거다."

가짜 꿀의 우정이 아니라 진짜 꿀의 우정을 알았다.

"그렇게 따지면 세상이 삭막하다."

느린 듯 빠른 게 세월이다. 그동안 서로 소식 없이 생활에 바빴다.

녹음이 싱그러운 유월 어느 날이었다. 하늘이 파랗고 무슨 좋은 소식이라도 있을 것 같은 날이었다. 모처럼 집에서 한가한 시간을 즐기고 있었다.

택배가 왔다고 한다. 어디서, 누가? 택배가 올 곳이 없었다. 바삐 택배를 풀어 보았다. 그 친구였다. 예쁜 도자기 꿀단지였다. 그동안 까맣게 잊어버린 일이었다.

"어허, 이 친구가! 정말 꿀을 보냈네."

허겁지겁 전화번호를 찾았다. 몇 번 번호를 눌렀다. 통화가 안

되었다. 아마 먼 산 속 깊은 곳에서 벌통을 관리하는가 보다. 친구로부터 처음 받는 진짜 꿀이었다. 꿀은 해마다 아카시아 꽃이 피고 나면 택배로 힘차게 달려왔다.

몇 년 동안 어김없이 친구는 꿀을 보내 주었다. 고마웠다. 그런데도 이런저런 핑계로 아무런 답례도 못하였다. 염치없이 꿀맛은 달기만 하였다.

초등학교 동창회 모임이 있었다. 뜻밖의 소식을 들었다.

말기 암으로 병원에서 나왔다는 것이다. 췌장암 말기로 다른 장기에도 많이 전이되어 수술도 어렵다는 것이다. 병원 치료를 단념하였다. 퇴원해서 먹고 싶은 것 먹고 가고 싶은 곳 여행이나 하고 하였다는 것이다. 그것도 오륙 개월의 시한부란다. 여러 병원을 찾았으나 같은 말이었다. 사형 선고다. 이럴 수가 있는 건가.

어느 노한의사가 권하였다고 한다. 깊은 산에 가서 몇 달 있어보라고. 인생 마지막 길에 배우자가 있는 것은 남자에게 큰 행운이니 부부가 같이 벗하여 입산하기를 권하였다고 한다. 산에는 소나무 바람이 시원하고, 참나무, 편백나무, 잡목 바람이 좋다고 하였다. 맑은 공기를 마시며 골짜기에서 물소리, 새소리를 들으면서 살아온 생을 돌아보는 것도 좋은 일이라고 하였다. 하늘도 다시 바라보고 구름도 다시 바라보면서 살아온 모든 것을 다 버리고 비우면 기적도 있을지 모른다. 기적이 없더라도 살아온 삶의 무거웠던 짐과 미련을 버리니 떠날 때 마음이 가벼울 것이 아니겠느냐면서 입산을 권하였다고 한다.

지금은 분당 막내아들 집에 있다고 한다. 몇몇 초등학교 동창들이 먼저 문병을 다녀왔다고 소식을 전해 주었다. 아무도 만나지 않겠다고 하는 것을 억지로 문을 밀고 들어갔다고 하였다. 잠깐 동안 겨우 만났다는 것이다. 아까운 친구 먼저 보내게 되었다고 한숨만 쉬었다.

며칠 후 시간을 내어 문병을 갔다. 전화를 하였으나 오지 말라고 간곡하게 말하였다. 초라한 몰골에 실망이 클 거란 것이다. 옛 모습을 기억하라고 하였다.

허겁지겁 약속된 장소로 갔다. 어떻게 만나서 뭐라고 위로의 말을 해야 할 건가. 문병도 어려운 일이었다. 친구 부부가 같이 나왔다. 전철 입구 공원에서 만나기로 하였다. 친구의 손을 잡으니 눈물이 왈칵 쏟아졌다.

"먼저 가게 되어서 미안하네."

친구는 눈이 퀭하고 몸이 몹시 야위었다. 키만 껑충 더 커 보였다.

얼마 후 친구는 담담해졌다.

"이 친구야!"

나는 목이 메었다.

"이게 웬일인가."

"하늘의 뜻이지."

오히려 친구가 나를 위로하고 있었다.

"누구나 가는 길 아닌가. 처음에는 눈앞이 캄캄하더니 이젠 편해졌어. 며칠 후 집사람하고 산으로 바다로 여행이나 하고 오겠네. 하늘을 지붕 삼고 청산을 집 삼아서 두루두루 돌아다니다가 때가 되면 아주 먼 길을 떠나갈 생각이네. 부모라지만 자식들도 짐이 될

게 아닌가."

"그래. 그렇게 하게. 가볍게 여행을 떠나게."

이 말밖에 다른 할 말이 없었다.

나는 친구의 손을 다시 꼭 쥐었다.

"내 소주 한잔 사 줄게. 저기로 가세."

친구 부인이 저쪽 포장마차 집으로 가잔다.

친구가 술 한잔을 산다는 것이다.

"뭐 술을?"

"나는 못 마셔도 한잔 따라 주고 싶다."

친구 부인도 그렇게 하자고 한다.

"술은 무슨 술!"

나는 어쩔 줄을 몰랐다.

"몇 달 후면 문상 올 게 아닌가. 그때는 내가 받아먹을게. 꽃 꺾어 산 놓고 무진무진 실컷 받아먹을게. 이 친구야."

친구는 빙그레 웃고 있었다.

"이 친구가. 그런 말을."

친구 부인도 쓰디쓴 웃음을 지으며 권한다.

"오늘은 내가 권하는 술을 마시게나. 오늘이 마지막 권하는 술잔이네".

친구가 따라 주고, 내가 따라 마시고, 부인이 따라 주는 눈물의 술잔이었다.

누가 위로하고 누가 문병을 왔는지 분간이 안 되었다.

헤어질 때 친구가 부인에게서 보따리를 받아 건네준다.

"이게 뭔가?"

"마지막 선물 꿀일세. 진작 보냈어야 될 것을."

"뭐라구!"

나는 어이가 없었다. 한참 후에 말하였다.

"줄 테면 내년에 주게."

"내년에 나는 이 세상에 없잖은가."

죽을 사람이 산 사람에게 주는 기막힌 마지막 선물이다.

한사코 내 손에 꿀 병을 건네주었다.

친구는 웃고 나는 꿀 병을 받고 울고 있었다.

친구는 저만치 가면서 손을 흔들었다.

부인도 허리를 굽히며 손을 흔들었다.

작년에도 금년에도 아카시아 꽃은 하얗게 피었다.

해마다 뻐꾸기도 청산에서 서럽게 울고 있다.

권순악

충남 서산 출생. 소설가, 시인, 수필가, 한국문인협회 자문위원, 한국소설가협회 중앙위원, 한국창작문학 특별편집위원, 국제 펜문학 한국수필가협회, 한국현대시인협회, 월간한맥문학, 농민문학 자문위원, 저서 『달빛에 길을 묻고』, 『꽃길 따라 구름 따라』 외 다수, 옥조근정훈장, 한국문학인상, 흙의 문예상, 류승규 문학상, 농민문학상, 세계문학상, 한맥문학상.

ssaa9176@hanmail.net

평론

칠순 고개에 박는 '시인' 말뚝
─김선혜의 시집
『푸른부전나비』를 중심으로

권천학

여기 칠순 기념으로 시집 한 권 내겠다는 사람이 있다.

아하, 시집으로 칠십의 증표로 삼으려고 하는구나!

멋지다! 김선혜!!

대개 그렇듯이 친지끼리 잔치 삼아 식사 한 끼 나누고 말든지, 가족끼리 기념 여행이나 다녀오면 그만일 수도 있는 일인데, 시집을 출판하고 싶다고 하면서 그동안 써온 시편들을 정성껏 모아 보내 왔다. 모두 62편이었다.

시편들마다 그의 시적 감성이 드러나 보였다. 맑은 심성을 지니고 있고, 시 쓰기를 간절히 원했음을 알 수 있었다. 겸하여 시적 소양을 갖고 있다는 생각에 다소 안심했다. 그래도 되겠구나 하는 생각이 들었기 때문이다.

만나 본 일은 없지만, 그의 시편들을 보면서 그의 시에 대한 안목이 깊고, 그 사고思考의 경지가 어느 정도인지 가늠되어서 미덥기도 했다. 그 미더움을 바탕으로 하여 편안하게 그러나 진중하게 선배로서 말뚝 하나 새롭게 박아 주는 심정으로 이 해설을 쓴다.

지금 박는 이 말뚝이 앞으로의 여정旅程을 안내하는 이정표里程標가 되기를 바라는 마음임을 먼저 밝힌다. 그리고 이 시집을 읽는 분들이 시를 읽어 내는 데 도움이 되도록 안내하는 마음도 함께한다.

대개 그렇듯이, 늘그막에 '책 한 권' 또는 '시집 한 권' 내고 싶다는 사람들 많다. 물론 다는 아니지만 그 말을 들을 때마다 느끼는 것은 드러내어 말할 수 없는 쓸쓸함이다. 그 말을 하는 사람들 대개는 글쓰기가 만만찮다는 것은 모르면서, 혹은 알면서, '책 한 권'이 자기 인생에 있어서 좋은 치레가 된다는 것을 알기에 하는 말이다. 바꾸어 말하면 글쓰기가 쉽지 않다는 것과 저서가 자신의 존재를 품격 있게 해 준다는 것을 알고 있다는 뜻이다.

'시집 한 권' 내고 싶다고 하는 사람 역시 시 쓰기가 얼마나 어려운가를 모르면서 시집이 인생에 있어서 고품격의 치레가 된다는 것은 아는 사람이다.

분명한 것은 시집이든 문집이든 살아온 인생살이를 치레해 주는 그 어떤 보석 장신구보다 우아하고 품격 있는 증표가 된다는 것. 쉽게 몸에 붙일 수 있는 액세서리와 비할 바가 아니다. 삶의 여정과 이루어 낸 결실을 말해 주는 흔적이다. 돈으로 해결될 수 있는 장식품 정도로 생각하는 것, 그것이 내가 느끼는 쓸쓸함의 이유이다. 강변하자면, 돈이 있다고 써지는 것이 아니라는 것, 그것은 진정한 의미에서의 시, 또는 글이 아니다.

시 쓰기는 그냥 일반 글쓰기와는 다르다. 어렵다고들 한다. 사실이다. 시는 쓰는 것이 아니라 짓는 것이기 때문이다. 그래서 창작創作이다. 특별한 소양을 지니고 있어야 한다. 한 편의 시가 그냥 써지는 것이 아니다. 말은 그렇게 해도 정작 문집을 내거나 시집을 내는 경우는 드물다. 특히 시집은 더 드물다. 한 권의 시집을 갖는 일이 매우 어렵다는 반증이다.

그런 의미에서 김선혜의 시편들은 습작이긴 해도 숨겨진 시적 잠재력이 엿보인다는 뜻이다.

그래서 미더운 김선혜!

시를 어떻게 읽을 것인가, 그의 시 속으로 들어가 본다.

그는 마음의 눈으로 온갖 사물을 접하고 있다. 스쳐 가는 모습을 놓치지 않고 묘사하는 마음의 눈, 더 정확히 말하자면, 육안으로 보이는 것에 마음을 실어 얹는다. 무겁지 않게. 그의 시편들은 유화油畫가 아닌 스케치와 같다.

칠순을 맞이한 그는 자꾸만 되돌아봐진다. 세상은 좋아져서 백세시대라고 하는데 앞길도 생각하지 않을 수 없다. 잘 살아온 것 같기도 하고 그렇지 못한 것 같기도 하다. 뜻대로 다 된 것도 같고 아닌 것도 같은데……. 그 고개를 그냥 넘을 순 없다. 그렇다. 할 수만 있다면 그 지점에 뭔가 표시를 해 두고 싶다. 자신의 존재 확인을 위한 본능적 욕망이다.

이미 삶의 분기점分岐點이라고 할 수 있는 오륙십 대를 지나왔다. 아이들은 이미 품 안을 떠난 지 오래다. 그동안 늘 가슴에 품었던 꿈을 아직도 놓지 않았다. 아니 놓지 못했다는 것이 더 정확한 표현이다. 백세시대에서 칠십이라 하면 앞으로도 자신의 세상을 펼칠 수 있음이다. 결심했다. 소원했던 시집을 내자.

더 깊게는 시인이 되고 싶은 소원도 묻혀 있다.

이런 그의 마음을 아래의 시편에서 읽어 냈다.

이 세상 돌에 새긴 말도
세월을 이길 수 없어.
어차피 비바람에
지워지고 흩어지는 거지.
침묵이 오래갈 테니
애써 힘들여
말을 찾지 않아도 괜찮아.

−시 「연꽃골 백비」 전문

백비白碑는 아무것도 새겨지지 않은 비석이다.

살아생전의 영화榮華를 간추린 문장으로 새겨 넣은 것이 비석인데, 백비는 아무것도 새기지 않았거나 오래되어서 돌에 새긴 글자들이 희미해져 거의 알아볼 수 없는 상태가 된 비석이다. 오랜 세월의 침식으로 깎여 나갔을 수도 있지만 애초부터 뜻이 많아 새기지 않기도 한다. 주로 깊은 산속 풀숲에 홀로 서 있거나 산등성이

나 발길 뜸한 외딴곳에 침묵으로 서 있는가 하면 인고忍苦의 세월을 견뎌 오느라고 몸채도 삐딱하게 기울어 있기 마련이다.

백비가 우리에게 전하는 뜻은 글이 또렷하게 새겨져 있는 비석보다 훨씬 무겁고 울림도 크다.

위 시 「연꽃골 백비」를 보면 외딴곳에 기울어진 자세로 서 있는 백비와는 다르다. 김선혜의 백비는 '연꽃골'에 서 있다. 연꽃처럼 화려하지 않으면서 곱다. 그러면서도 살아온 세월에서 얻은 생生의 허무함과 깨달음이 함께 담겨 있다. 애써 말하려 들지 말라는 깨우침도 있다.

사는 건 결국
혼자건 여럿이건
외로운 거죠.
그러니 그냥 살아가세요.
담담하고 당당하게
별처럼 빛나세요.

—시 「개별꽃」 전문

결국 삶은 외롭다는 것, 그러나 별처럼 빛나라는 것. 그동안의 삶에서 얻은 그의 결산決算인 동시에 충고다. 모순矛盾이다.

생각해 보자. 혼자건 여럿이건 외로운 거라고? 그냥 살아가라면서 당당하라고? 그리하여 별처럼 빛나라고?

외로운데 어떻게 그냥 살아갈 수 있는지, 그냥 살아가는데 어떻게 당당할 수 있는지, 어떻게 별처럼 빛날 수 있는지. 모순의 연속이다.

그 모순을 통하여 자신의 삶을 갈무리하고자 하는 결연함을 더욱 강조하고 있다. 외롭지 않을 수 있도록, 당당해질 수 있도록, 그리하여 별처럼 빛나는 삶이 되도록 살아가라고 하는 반어법反語法의 표현이다.

이게 어디 개별꽃만인가. 그리고 어디 다른 사람에게만 하는 말일까. 자신의 경험을 통하여 얻은 결론이다. 결론 한 편 더 본다.

무거운 짐 내려놓고
노래하고 춤춰 봐
허리 곧게 펴고서

함께 모여 살아도
가끔 혼자 있어봐
네가 누구인지 찾아봐

―시 「개미」 전문

누구다 다 개미처럼 열심히 산다. 겉보기엔 별것 아닌 것 같은 것이 당사자에겐 별것이고, 다들 아무 일 없는 듯이 보이지만 사람마다 제각각 사연들이 있다. 그 사연들이 매듭을 맺기도 하고 풀기도 하며 힘들게 얽혀 산다. 그것이 곧 삶이 그려 내는 인간의 무늬다.

누구에게나 삶이 무거운 짐이 되는 것은 공통이다. 삶이란 그런 것이다. 잠시 노래도 하고 춤도 추는 여유가 필요하다. 누군가와 어울려 살아내는 것이 삶이긴 하지만 가끔 혼자 있어도 보라는 것. 혼자의 시간이 진정한 자기 자신과 만나는 시간임을 깨닫고 있다. 그동안의 삶을 통하여 삶을 삶답게, 자기를 자기답게 한다는 것을 알게 되었으니 잘 살아왔음을 말한다.

우리는 항상 더 살아 내야 할 새로운 시간이 우리 앞에 놓여 있음으로 준비해야 한다. 잠시 무거운 짐을 내려놓고 돌아보며 마음의 여유를 가져야 이어지는 시간을 향하여 나갈 수 있다. 개미처럼 살아왔으니 이젠 꽃처럼 살 때가 되었다. 때 되면 피어나고 때 되면 질 줄 아는 섭리의 길을 따라가면서 열매를 맺는 삶의 길을 가야 한다.

혼자 있는 시간은 자기와 만나는 시간이다. 자기 성찰의 시간이다. 혼자 있는 것에 익숙해져야 한다. 그런 의미에서 혼자 있어 보라는 것에 대해서 적극 찬성이다.

그의 시를 더 잘 이해하기 위해서 말머리를 돌려 시 이야기를 해 보자.

시詩가 무엇일까?
우리는 곧잘 이런 의문에 닿는다. 궁금하다.

누구도 '시詩'라는 말은 모르지 않는다. 막상 써 보라고 하면 못 쓴다. 쓰고 싶어 하지만 안 된다. 그러면서도 '시詩'라고 하면 곱고 멋진 말로 써낸 한 편의 아름다운 글을 연상한다.

더 깊은 시론詩論을 여기에 펼쳐 놓을 수는 없지만, 시는 글로 그려 낸 그림인 것은 맞다. 그 그림 속에 삶의 알갱이가 들어 있어야 한다.

그런 각도에서 김선혜, 그의 시는 단선 속에 살짝살짝 뜻을 담아 경쾌하다. 보이는 그대로, 비치는 대로 그리고 있어서 무겁지 않게 읽히는 장점이 있다.

대웅전 앞 뜰 연꽃
하안거 중이다.
불볕 내려도 천둥번개 쳐도
끝끝내 화두
놓지 않는다.
흐트러지지 않는다.

　　　　　　　　　　　　　　　−시 「한련」 전문

살아 있는 모든 존재에 있어서 삶을 수행하는 것은 끝내 놓을 수 없는 목숨의 화두다. '불볕 내려도 천둥번개 쳐도/끝끝내 화두/놓지 않는다./흐트러지지 않는다./' 누구나 자기 앞의 생에 열심이다. 용맹 정진하는 스님처럼.

그의 시 전체를 분류해 보면 크게 생명 존중과 불성佛性, 옛것 또는 고향의 추억, 시적 감수성과 상상력으로 가닥 지을 수 있다

생명 존중과 불성佛性을 표현한 시편으로는 「우리동네 안서동」, 「풀」, 「틈」, 「네발나비」, 「고욤」, 「보탑사」, 「청개구리」…… 등이다.

세상 모든 강의 뿌리가
작은 옹달샘이듯
올 가을 감이
풍성하게 익을 때

보잘 것 없고 먹잘 것 없는
도토리만 한 고욤
제 몸 내주어
모든 감을 키웠으니

고마운 마음 품고
따뜻한 눈길 한 번
더 줄 일이다.
참 장하다
박수 칠 일이다.

고욤 일흔이 감 하나만 못하다고
함부로 할 말이 아니다.

—시 「고욤」 전문

옛것 또는 고향에 얽힌 추억으로 옛이야기를 엮어 내면서 변하는
세태를 느끼게 하는 시편들로는 「역전 쌀가게」, 「할매밥집」, 「동치
미」, 「느티나무 한숨 짓다」, 「조개도 고향을 안다」, 「봉숭아」, 「할머
니」, 「빈집」…… 등.

사람 훈김 없는 바람벽 무너져
지붕 어깨가 한 자 비뚤어졌다.
이별은 돌이킬 수 없어
대문 여는 바람이 주인이다.
마당 오가는 구름이 손님이다.
살던 이 흔적 함께 늙어 가는
흙집이 힘겨웁다.
오늘 또 기둥이 한 치 기울어진다.

—시 「빈집」 전문

시적 감수성과 상상력을 드러낸 시편들로는 「정수기」, 「바다」,
「자귀꽃」, 「단풍」…… 등이다.

아내가 뜨거운 물을 긷는다.

작은 관을 끝까지 따라가면
산속 퐁퐁 솟는 옹달샘
산새들이 한창 목욕 중이다.

-시 「정수기」 전문

아내가 긷는 뜨거운 물줄기를 타고 가면 산새들이 목욕 중인 산
속의 옹달샘까지 가게 된다. 대단한 상상력이다.

모래밭 딩구는 저 유리조각
얼마나 바다를 베었을까?
밤새 뒤척이네 상처 난 바다.

-시 「바다」 전문

바다를 베는 건 바다다. 유리조각에 베인 바다가 밤새 아파서 뒤
척이는 몸짓인 파도, 우리는 흔히 타인으로 인하여 상처를 입는 것
으로 생각하지만 깊이 생각해 보면 우리 자신에게 상처를 주는 것
은 우리 자신임을 알게 된다. 밤새 뒤척여 보면 안다.

첫눈 올 때까지
꺼지지 않는 불씨
타닥타닥
먼 산 태운다.
재가 될 때까지

-시 「단풍」 전문

붉게 타오르는 「단풍」을 첫눈 올 때까지 꺼지지 않는 불씨로 비유했다. 단풍은 단순히 소멸이 아니라 생명을 겨울까지 연결하느라고 타오르는 불꽃으로 본 비유는 번쩍이듯 스치는 영감의 산물産物이라고 할 수 있다.

젊은 새어머니 민경 보며 톡톡
코티 분 바르던 분홍 꽃 분첩
아찔한 분 냄새 안방에 퍼진다.

-시 「자귀나무」

어릴 적 새엄마가 밉기도 했으련만, 분솔 모양의 자귀나무 꽃과 코티 분 바르던 얄미운 모습의 아득한 추억 속 새어머니를 연민으로 보듬어 안고 있는 그 마음씨가 알싸하다.

시를 짓는 것만 아니라 읽는 것도 어렵다. 시가 품고 있는 상징과 함축된 의미가 겹쳐 있기 때문이다. 시는 이해하고 보면 볼수록 맛이 우러나는 법이니, 이 글이 이 시집을 읽는 분들에게 시를 읽는 길잡이가 되기 바란다.

이제 대강 그의 시편들을 돌아보는 일을 이것으로 마치며 나머지는 독자들의 몫으로 남긴다.

끝으로, 바야흐로 백세시대, 칠십은 마감이 아니고 시작할 수 있는 지점이다. 장수시대의 덕택이다. 일생에 있어서 또 한 번의, 마지막일 수 있는 분기점이다.

쓸쓸하면서도 쓸쓸하지 않은 칠십 고개. 품었던 꿈을 접기보다는 지금부터 펼쳐 보겠다는 다짐도 강하다. 내고 싶었던 시집 한권 내는 것으로 마감하는 것이 아니란 뜻이다. 꿈을 접을 것이 아니라 새롭게 펼치라는 뜻이다. 그렇게 되기를 기대한다.

여기까지 오는 동안 내리막도 있고 오르막도 있었을 것이다. 그때마다 마음의 눈에 스치는 온갖 사물들을 가슴에 품은 그대는 '시인'이라는 문패를 굳이 달지 않았더라도 이미 '시인'이다.

선배로서 알찬 인생 이모작二毛作이 되도록 칠순의 분기령에 「연꽃골」의 백비처럼 '시인'이라는 새로운 말뚝을 단단히 박아 주는 것으로 칠순 축하의 말을 대신한다.

더욱 숙성한 삶이 숙성한 시편으로 솟아나기를 기원한다.

권천학

시인. 국제 PEN 한국본부 이사, 한국시조진흥회 부이사장,『현대문학』데뷔, WIN Distinguised Poet Award, 하버드대학 번역대상 수상, 코리아타임즈의 현대시 부문수상, 김영랑문학상, 국제PEN 해외작가상, 재외동포문학상(단편),『한국시조문학』작가상 등 다수. 밴쿠버 중앙도서관, 워싱턴대학 북소리, 리치몬드 문화원 등 문학강연, 포트무디시Port Moody의 '이달의 문화예술인' 선정, 아트센터 '초청 시화전', 리치몬드시의 '한국시와 번역' 워크샵 등, 한글시집 13권, 영한시집 3권, 일어시집 1권, 그림시집 1권, 『속담명언사전』(편저) 등, 카나다 한국일보 고정 칼럼니스트, 'K-문화사랑방' 운영 등 시조 보급 활동.

impoet@hanmail.net/cheonhak.kwon@gmail.com

주옹설

권근

(표지 내용과 이어집니다)

하니, 주옹이 말하기를

"아아, 손은 생각하지 못하는가? 대개 사람의 마음이란 다잡기
와 느슨해짐이 무상하니, 평탄한 땅을 디디면 태연하여 느긋해지
고, 험한 지경에 처하면 두려워 서두르는 법이다. 두려워 서두르
면 조심하여 든든하게 살지만, 태연하여 느긋하면 반드시 흐트러
져 위태로이 죽나니, 내 차라리 위험을 딛고서 항상 조심할지언
정, 편안한 데 살아 스스로 쓸모 없게 되지 않으려 한다.

하물며 내 배는 정해진 꼴이 없이 떠도는 것이니, 혹시 무게가
한쪽에 치우치면 그 모습이 반드시 기울어지게 된다. 왼쪽으로도
오른쪽으로도 기울지 않고, 무겁지도 가볍지도 않게시리 내가 배
한가운데서 평형을 잡아야만 기울어지지도 뒤집히지도 않아 내 배
의 평온을 지키게 되나니, 비록 풍랑이 거세게 인다 한들 편안한
내 마음을 어찌 흔들 수 있겠는가?

또, 무릇 인간 세상이란 한 거대한 물결이요, 인심이란 한바탕
큰 바람이니, 하잘것없는 내 한 몸이 아득한 그 가운데 떴다 잠겼
다 하는 것보다는, 오히려 한 잎 조각배로 만 리의 부슬비 속에 떠
있는 것이 낫지 않은가? 내가 배에서 사는 것으로 사람 한 세상 사

는 것을 보건대, 안전할 때는 후환을 생각지 못하고, 욕심을 부리
느라 나중을 돌보지 못하다가, 마침내는 빠지고 뒤집혀 죽는 자가
많다. 손은 어찌 이로써 두려움을 삼지 않고 도리어 나를 위태하다
하는가?"

하고, 주옹은 뱃전을 두들기며 노래하기를,

"아득한 강바다여, 유유하여라.
빈 배를 띄웠네, 물 한가운데.
밝은 달 실어라, 홀로 떠 가리.
한가로이 지내다 세월 마치리."
하고는 손과 작별하고 간 뒤, 더는 말이 없었다.

권일송權逸松

순창읍 가남리 권일송 시비

권일송(1933~1995)은 전북 순창 순창읍 가남리 가잠 마을에서 출생. 광주고등학교와 전남대학교 공과대학을 졸업. 1956년 전남 목포시 영흥고등학교에서 교편. 1957년 1월『한국일보』신춘문예「불면의 흉장」,『동아일보』신춘문예「강변 이야기」가 당선. 1965년 〈주간 한국〉에 장편 서사시「미처 못다 부른 노래」를 25회 연재.

1973년 한국 문인 협회 이사와 한국 시인 협회 중앙 위원으로 활동. 1974년에는 문인극 〈환상 부부〉에서 주연으로 활약하며 울산 공연. 1977년 6월 국제 펜클럽 한국 대표로 중동과 유럽을 순방. 1979년에는 도서 출판 문학 동아를 등록, 1980년 무크지《문학 동아》창간호를 간행. 1982년《한국 경제 신문》논설위원으로 활동하면서 1987년 재경 전북 향우회 고문과 제52차 서울 국제 펜 대회 대변인으로 활동.

시집으로『이 땅은 나를 술 마시게 한다』(1966),『도시의 화전민』(1969),『바다의 여자』(1982),『바람과 눈물 사이』(1987),『비비추의 사랑』(1988),『바다 위의 탱고』(1991),『숲은 밤에도 잠들지 않는다』(1994)가 있다. 에세이집으로『한해지에서 보내온 편지』(1973),『사랑은 허무라는 이야기』(1980),『우리들의 시대를 위하여』(1988),『미완의 길목에서』(1989),『슬픔을 가르쳐 드립니다』(1990), 번역서로『대낮의 함정』(1979),『어쩐지 크리스탈』(1981),『미피아』(1982),『세계는 이렇게 변한다』(1982),『거미의 여자』(1982),『성자와 빵』(1983)이 있다. 그밖에 수상집으로『이 성숙한 밤을 위하여』(1978),『생, 왜 사랑이어야 하는가』(1979), 『수녀의 길을 걷기까지』(1981), 칼럼집으로『항우와 유방』(1980), 『전환기의 새벽』(1994), 해설집『현대시의 이해』(1981), 평론집『윤동주 평전』(1987), 공저로『중동의 한국인』(1977) 등이 있다.

권일송은 첫 시집에서는 현실 증언의 사상과 사건에서 주제 의식을 보여 주고, 제4 시집은 독재와의 저항 의식을 시화하고 있고, 제5 시집『시선집』을 거친 제6 시집은 시행착오의 수렁을 헤집고 관조와 달관에 원숙해진 시 미학의 개척을 보여 주고 있다.

1983년 제1회 소청 문학상을 수상, 1985년 제8회 현대 시인상, 1988년 '순창 군민의 장' 문화장을 수상. 2003년 한국 문인협회 순창 지부에서 남산대 귀래 체육공원에 권일송 시비 건립.

권규미 38195 경북 경주시 내남면 안심길 141-14/010-2290-3520

권기만 44217 울산시 북구 약수9길 20, 나동 1005호
(중산동, 약수제일APT)/010-3857-6232

권남희 05719 서울시 송파구 중대로 101. 동부썬빌 311호/
010-5412-4397

권동지 59628 전남 여수시 미평동 선경아파트 311동 1002호/
010-9127-5325

권명숙 28774 충북 청주시 상당구 용암로 35, 101동 206호/
010-8330-2369

권명오 Myung oh Kwon 350 maple terrace dr Suwannee,
GA 30024-3702 USA/404-394-6609

권민정 16817 경기 용인시 수지구 신봉2로 26, 122동 1202호
(신봉동, 자이1차@)/010-2273-3505

권상진 38068 경북 경주시 광중길 73-6 현진에버빌 2차 201동 102호/
010-352-9998

권수복 54092 전북 군산시 미장남로 10, 109동 303호(미장아이파크)/
010-3600-7688

권숙월 39511 경북 김천시 감문면 태촌2길 3-31/010-3818-6344

권순갑 27702 충북 음성군 음성읍 시장로 79/010-5463-9233

권순악 10337 경기 고양시 일산동구 탄중로 430, 1003동 502호
(중산마을 동신아파트)/010-9176-6085

권순영 06280 서울시 강남구 삼성로 51길 37, 109동 302호
(대치동, 래미안대치팰리스)/010-5608-3084

권순자 07933 서울시 양천구 중앙로 53길 5, 1동 803호(서울가든아파트)/
010-6201-4792

권순해 26448 강원 원주시 서원대로 389, 104동 1204호/
010-8547-1415

권순희 Clara Soonhee Kwon-Tatum P.O. Box 291, Sharpsburg, GA 30277 USA/404-488-6663

권애숙 부산시 수영구 광안해변로 100 , 208동 610호 남천삼익비치아파트/ 010-3553-3179

권영목 03480 서울시 은평구 응암로 4길 24(응암동) 대림시장 내 순영뜨게방/ 010-6338-1376

권영민 54653 전북 익산시 선화로1길 57-32, 503동 1103호 (배산휴먼시아 5단지)/010-3933-3737

권영시 12580 경기 양평군 양서면 증동길 274-60(솔향 마을)/ 010-8585-8392

권영옥 13604 경기 성남시 분당구 불곡북로 35번길 4, 3층/ 010- 5128- 1143

예현 권영옥 03446 서울시 은평구 은평터널로 121-18. 201호/ 010 6309 3707

시향 권영주 39277 경북 구미시 신시로 16길 141, 101동 407호 (송정동, 삼성장미아파트)/010-4539-1337

권영춘 08773 서울시 관악구 남부순환로 166길 69(신림 1동)/ 010-9037-2038

권영해 44027 울산시 동구 봉수로 450, 105동 601호(서부동 성원상떼빌)/ 010-2317-8167

권영호(동화) 37337 경북 의성군 의성읍 후죽4길 29-6/ 010-3814-4440

권영호(시) 36649 경북 안동시 단원로 81-8 명성한마음타운 302동 502호/ 010-3538-1975

권영희 04397 서울시 용산구 서빙고로 91 나길 9 /010-6425-8166

권오견 08740 서울시 관악구 행운7길 14/010-5306-1086

권오휘 36824 경북 예천군 예천읍 밤나무골길26 영남타운 2차 201호/ 010-8770-5231

권용태(강원) 25268 강원 횡성군 안흥면 노동로 227번길 82-71/ 010-4704-7099

권재중 17782 경기도 평택시 송탄로 90, 111동 103호(이충동현대아파트)/
010-4533-7379

권종숙 12258 경기 남양주시 경춘로 468-40, 114동 1003호
(다산동, 힐스테이트 황금산)/010-2209-9457

권정애 08637 서울시 금천구 시흥대로 165, 206동 2406호
(남서울힐스테이트)/010-2985-5999

권천학 Cheonhak Kwon 58 Princeton Road, Toronto, ON. M8X
2E4 Canada/647-703-7742

권천학 03633 서울시 서대문구 통일로34길 46, 110동 303호
(홍제동 인왕산 현대아파트)/010-2483-5616

권철 47110 부산시 부산진구 동평로 183번길 67,
연지자이1차아파트 104동 201호/010-8728-7420

권철구 31777 충남 당진시 당진중앙3로 23, 301호/010-8930-8456

권필원 08651 서울시 금천구 시흥대로28길 35-20, 102호(권종호)/
010-5678-2349

권혁모 08240 서울시 구로구 중앙로 121, 101동 906호
(고척동, 고척파크푸르지오)/010-3088-0537

권혁수 05764 서울시 송파구 오금로 551, 205동 1601호(e편한세상)/
010-8218-9667

권혁찬 17892 경기 평택시 통복시장로 51, 부흥빌라 101호/
010-2380-0079

권희경 12923 경기 하남미사 강변 동로20,
부영 사랑으로아파트 3110동 301호/010 9979 4251

권희표 57559 전남 곡성군 석곡면 석곡로64/010-9850-3233

편집 후기

수많은 관문을 통과하여야만 한 생애를 마감하듯이 첫 문집을 제작하여 그것을 기본으로 둘째 문집을 완성하였습니다. 원고를 보내주신 종친 문사님들께 감사의 말 전합니다. 편집위원들의 조그마한 정성이 태사문학회의 큰 힘이 되기를 기대해 봅니다.

큰 정성으로 보내 주신 연회비로 문집을 제작하는 데 많은 보탬이 되었습니다.

- 권필원 -

지난 해 8월에는 딸이 살고 있는 싱가포르를 돌아왔다.

그곳에서 뜨는 달과 별과, 이런 의미 밖의 정물들이 예사이지 않았듯이,

먼 한국의 은유들이 온통 그 안에 머물고 있듯이,

다시 『태사문학』 2집을 발간하며

안동권씨라는 그늘막의 아늑함에 젖어 든다.

지면으로 마주한 족친들의 작품 앞에 오래 서성이게 한다.

- 권혁모 -

거대한 '태사'의 줄기를 이어 오는 족친의 자애와 문학의 서사가 『태사문학』 2집 글마다 스며들어 읽는 기쁨을 느낍니다. 문학 향기가 가득한 책 『태사문학』 2집은 족친의 유대감과 공감의 영역을 넓

혀 가는 데에 기여하리라 믿습니다.

- 권순자 -

♣ 태사문학 회비/후원금 계좌 안내

우리은행 1002-963-051871 권순자 태사문학회

♣ 연락처

권필원(태사문학회 대표) 전화 010-5678-2349

주소 08651 서울시 금천구 시흥대로28길 35-20, 102호(권
종호)

권순자(태사문학회 편집국장) 전화 010-6201-4792